水曜日の嘘つき

かわい有美子

幻冬舎ルチル文庫

CONTENTS ✦目次✦

✦カバーデザイン＝清水香苗（CoCo.Design）
✦ブックデザイン＝まるか工房

イラスト・街子マドカ✦

水曜日の嘘つき

序章

水曜の午後、観音開きとなった施設の古い木製のドアを開くと、澄んだ音のドアベルが鳴る。

「まぁちゃ？」

玄関ホールで幼い女の子が声を上げるのに、淡いミントグリーンに塗られたドアに手をかけた橘《たちばな》真尋《まひろ》は微笑《ほほえ》んだ。

「はぁい、真尋お兄さんですよ」

いつもより少しテンションの高い明るめの声を作ると、子供達の顔がぱっと輝く。

「まひろちゃんだ！」

「まひろ兄ちゃん！」

幼い女の子の手をつないだ少女が声を上げ、その隣では五歳になる男の子が真尋の方に手を伸ばし、周囲を探るようにしてやってくる。

「コウタ君、こんにちは」

コウタの伸ばした手を、真尋は握りしめてやる。

「ユウミちゃんも、マホちゃんも、こんにちは。お迎えに来てくれたの？」

コウタと同じように手を伸ばし、声を頼りにやってくる女の子達の手をひとりずつ取り、真尋は子供達の出迎えに礼を言う。

「マホちゃんが、ここで待つって言うから」

ユウミはませた口調で言い、お姉さんぶって胸を張る。ユウミは四年前、この施設にやってきた女の子だ。来たばかりの頃はいつも泣いていたのに、ずいぶん頼もしくなった。

「まぁちゃ、まぁちゃ」

一歳半のマホは手探りで真尋のデニムの膝《ひざ》に抱きつき、全開の笑顔となった。

「そう、ありがとうね。待っててくれて、嬉《うれ》しいよ」

盲目の女の子を抱き上げると、真尋はかつて日本中を魅了したとも言われている笑顔を、その整った顔に浮かべる。

「今日は何のお話《はなし》ぃ？」

甘えん坊のコウタも、真尋の膝にまとわりつく。

「今日はねぇ、ある国の冒険が大好きな王子さまのお話だよ」

真尋はコウタの手を引き、さらにその手を年長のユウミの手とつながせてやる。

そして、受付窓の向こうで笑顔で会釈をくれる中年の女性職員に向かって、頭を下げた。

「こんにちは、橘さん、いつもありがとうございます」

「いえ、こちらこそお世話になってます。今日は外、かなり暑いですね」

マホをいったん下におろし、女性職員の差し出してくる来館者名簿にいつものように名前を記入しながら、真尋は愛想よく答える。

「あら、本当？　中にいるとわからないのよね」

「日向《ひなた》にいると、日射しがギラギラしてて痛いほどです」

「五月ですもんねぇ、そろそろ日中は暑くなってくるのよねぇ」

いつも通りののどかなやりとりをしながら、真尋は早く早くと手を引く子供達に、わかったわかったと明るく答える。

「いつもの一階の部屋でいいですか？」

「ええ、多目的室。もう、皆楽しみに集まってるわよ」

「じゃあ、期待に応《こた》えないと」

女性職員に軽く頭を下げ、真尋はマホを抱き上げると子供二人に手を引かれながら、二十畳程度の広さの多目的室へと小走りに向かう。

幼くして視力をなくした子供達は、普段、寝起きしているこの施設内なら、まるで見えているかのように走ってゆく。歩数や壁や天井の音の反響具合で、今、どこにいるのかを正確に理解しているのだという。

中学生までの子供達がキャッキャッと集まり、騒いでる部屋へ入り、真尋はパンパンと軽く手を叩《たた》いた。

「はい、こんにちはぁ。真尋お兄さんです」

音で来訪を知らせると、こんにちはー、と次々に声が上がる。

真尋は用意されたパイプ椅子《いす》のかたわらへゆき、十数人の子供達を手伝ってやって、喧嘩《けんか》にならないように半円状に座らせる。

その間に少し遅れて、年配の副園長が部屋の後ろにやってきた。温厚な副園長に会釈をして、真尋は子供達の前の椅子に座る。

高校時代の半ばから七年間、毎週水曜日、こうして真尋はこの施設で子供達に童話の読み聞かせをしてきた。

施設職員は真尋の過去を知っているが、真尋の訪れを毎週楽しみに待ってくれている子供達は、真尋が本の読み聞かせをしてくれるお兄さんだということ以外は、何も知らない。

子供達は声と話し方だけで真尋の存在を受け入れてくれているが、それは逆に、真尋にとっても大いに救いだった。

だからこそ、七年間ずっと毎週、ここに通ってくることが出来たのだと思う。

「今日は、外はすごくいいお天気です。日向に出ていると、もう暑いほどです。だから今日は、こーんなよく晴れた日に、外の世界へと冒険に行くことを決めた王子さまのお話をしたいと思います。いいかなぁ？」

比較的よく通る澄んだ声で告げると、いいよぉと次々に子供達の口から返事が返る。

「了解。それでは、お話をはじめたいと思います」

真尋は提げてきた鞄《かばん》の中から、一冊の童話を取りだし、掲げてみせた。見えるわけではない子供に対しても、真尋はこうして本の表紙を『見せる』ことから始める。

タイトルを読み上げる真尋に対し、子供は皆、じっと耳を傾けて聞き入った。

一章

I

それは五月も終わりに近い日だった。

定例のサークルの飲み会は二次会へと会場を移すこともなく、だらだらと長引いていた。私立M大経済学部に所属する三年の椎名吉見《しいなよしみ》はアルコールのせいで、ずいぶん気が大きくなっていた。気が大きくなっていたというより、すでに意識はかなり朦朧《もうろう》としていた。

場所は先輩の大友《おおとも》が馴染《なじ》みにしている、居酒屋の二階座敷だ。安い酒類が揃《そろ》っている赤提灯《ちょうちん》風の居酒屋だが、今時の小ぎれいな店ではないので、女子受けはあまりよくない。その分、学生が男だけでたむろするには、向いていた。

残っていたのが終電を気にしない野郎ばかりだったことも、普段はあまり抜かりのない椎名が気をゆるめた一因だった。椎名は遅れての途中参加だったので、椎名目当ての女の子が帰ってしまっていたというのもある。

男の固定メンバーしかいないため、椎名ばかりでなく、全員の気もゆるんでいたのだろう。話の中身も自然、女子がいればできないほどにぶっちゃけたものになってゆく。

「でさ、正直なところ、お前、どんだけ喰《く》ったんだよ？　俺の同期の春内《はるうち》さんもお前に気があったよな？」

隣に座った大友も相当に酔いがまわっているらしく、顔を真っ赤にして椎名のデニムの膝を叩く。

「いや、部内はないです、…マジで」

勘弁してください、と椎名は焼酎《しょうちゅう》のロックを口に運びながら苦笑する。

部内の女子との恋愛がないというより、色気に欠けた先輩の春内はもともと守備範囲外だ。さすがにそれは言わず、椎名は曖昧《あいまい》に言葉を濁す。

その椎名の脇腹《わきばら》を、おーまーえー、と同い年の男が突《つつ》いた。

「部内はないってさ、前、新入生の上島《うえしま》さんっていう、可愛《かわい》い子に手ぇ出してただろ？　あの子、もう別れた？」

「上島…？」

名前に心当たりがないなどと思っていると、隣の男が椎名を指さす。

「あ、こいつ、覚えてないよ。最低、本当に最低」

「え？　今、うちのサークルにそんな子いるか？　どんな子だっけ？」

そこそこ可愛い子なら記憶しているはずなのに…、と首をひねると、周囲の男達全員が声を上げる。

「サイテー、椎名君、本っ当にサイテー！」

「お前、伊豆行った時に、二人して食後に消えてただろ？　なんか上島さんが落とし物したの探しに行ったとかいう理由で」

「ああ…、落とし物。行った、確かに行った」

伊豆で食後に二人で消えた相手とまで言われてようやく思い出し、椎名はポンと手を打つ。

「…えっと、下の名前、何だったっけ？　名字だけだとちょっと…」

さらに椎名サイテーッ、と聞き苦しい男の声が唱和する。

「これだよ、これ。これだから、顔がよくてシモの軽い男は」

「いや、そんなに軽くないよ、いいなって思ったら早めに声かけるかもしれないけど」

椎名は調子よく笑ってごまかす。

「長谷《はせ》さん、怒んないんですか？」

「怒るも何も、そういう関係じゃなし」

後輩の質問を椎名は乾いた笑いではぐらかす。

長谷は、去年のミスM大に選ばれたりと、見た目や言動の派手な分、学内でも目立つ。

椎名とのつきあいはけっこう長く、つかず離れず、肝心のことは椎名がはぐらかしたまま、時々会ったりしていた。

「長谷ってさ、キツくね？　俺、ちょい苦手。何でもかんでも、自分中心じゃないと気に入らないみたいでさ。お前、キャパ広いわ」

椎名の同期が横目に尋《たず》ねる。そう言われるのもわかるし、それについては弁解してやる気もない。

「キャパ広いっていうか、別に彼女じゃないからさ。あいつのあの性格は、一生直んないだろ」

一部の男受けはいい反面、言うことがキツいので苦手だという男も多い。同性受けは、さらに悪い。言動すべてが鼻に付く、自己中などという評価が大半だ。

実際、長谷自身は美人でノリはいいが、言うことは確かにキツい。椎名のことも見た目がいいだけでチャラいなどと面とむかって平気で言うので、敵が多いと聞いてもそうだろうなとしか思わない。

椎名とて、いくら長谷の顔とスタイル、センスなどがずば抜けていいとわかっていても、本命にはしたくない。

「アメフトの田端《たばた》、ゴルフ部の堂島《どうじま》、経済の椎名って、うちの学校のポイ捨て三大男って言われてんだぞ」

同期の男が一本ずつ指を折るのに、顔を真っ赤にした後輩が机を叩きながらバカ受けしている。こいつは半ば以上意識を飛ばしているようだ。

俺も飛びかけだけど…、と椎名は誰かが持参した土産《みやげ》物のウズラの燻製《くんせい》玉子を口にひょいと放り込む。

酔いのせいか、視界が狭い。

飲んでる酒の味もわからない。わからないが、喉《のど》はむやみに渇くのでひんやりしたロックは火照《ほて》った口中に心地いい。

椎名は気に入ったウズラの燻玉《くんたま》をもうひとつ、口の中に放り込んだ。

これはむやみに美味《うま》い。

「あー、田端、堂島ね。あれは確かに最低のポイ捨て野郎だな。てか、アメフトとかゴルフ部の奴らって調子に乗りすぎだろ？　田端とかって、そのうち絶対に誰かに刺されるって」

「あんなの、二、三回刺されりゃいいんですよ」

大友が言うのに、まわりもいっせいに同意する。

M大のすべての学部をあわせると、学生数はそれなりの数となる。そのため、そこそこ見場がよくて適当に遊んでいる男などは、他にもいくらでもいる。

ただ、この二人に関しては、時々新聞やテレビなどのメディアにも取り上げられて、チャラけた容姿や金にものを言わせる経歴が世間に露出している。他大学の学生から見てもわかりやすいために、よけいに節操なしで名を知られているのだろう。

そんな二人と共に椎名の名前が挙がってしまうのは、シーナの名前でメンズ雑誌のモデルのバイトをしていて、やはり学内外に顔と名前がそこそこ知られているためか。

椎名はやや目尻《めじり》の下がった、甘い印象の目を伏せる。

さすがにあの二人とは一緒にされたくないな、とひっそり思う。

椎名は確かに節操なしだが、あの二人に関してはご乱行レベルだ。しかも、複数で女の子を連れ込んだ、酒を飲ませて意識のないのを強引に…などと、犯罪レベルの話をちょろちょろ聞く。そのうちに表沙汰《ざた》になって処分という話にもなりそうなレベルで、引く。

それに比べれば、まだ椎名は犯罪には手を出してない。経済力も、あの二人に比べれば桁《けた》違いに劣る。向こうはどちらも社長の御曹司《おんぞうし》だ。

「それはいいけど、どうして椎名だけ、サークル『バーニー・ベア』の椎名じゃなくて、経済学部の椎名って言われてんの？」

大友が首をかしげる。

「うちが大学公認の部じゃなくて、単なるアウトドアサークルだからじゃないすか？」

向かいで飲んでいる森《もり》がいかにも適当そうに答える。

「今度から、『バーニー・ベア』の椎名って流行《はや》らせろよ。女の子口説いてもいいから、M大『バーニー・ベア』の椎名ですって言って口説け。M大三大イケメンの椎名といえば、アウトドアサークルのバーニー・ベア。それぐらい宣伝打って、新しく加入者募ろうやな…」

そう言って肩を抱く大友の声が、わんわんと耳に響く。

あー、やっぱ、今日はちょっと酒のまわりがキツいな…と、椎名は目を細めた。

焼酎はあまり加減がわからないので、ピッチが早かったのかもしれない。昨日の晩、レポートのせいで寝ていないのもよくない。そもそもそんなに得意ではない焼酎をロックで頼むべきではなかったのだろうが、ロックは焼酎派の大友の勧めだった。

前の男が大げさな手振りで何か言っているのを、椎名は酔いのせいで締まりを欠いた笑いを浮かべ、ただ見ていた。

翌日、椎名は二日酔いで丸一日起き上がれなかった。

その次の日、三限から授業に出るべく、ブランチがてらの食事を取ろうと十一時過ぎに食堂へと入ると、一昨日、一緒に飲んでいた原田《はらだ》がよーう…と手を上げる。

原田と共にいるのは同じサークル仲間三人で、二日前とたいして代わり映えしないメンツばかりだ。

ただ、皆、妙に楽しげだ。

「椎名、一昨日の約束覚えてる?」

「約束? 何の?」

飲みすぎてムカつく胃に負担とならないうどんを選んだ椎名は、原田の隣の席に腰を下ろしながら尋ね返す。

あの日は飲みの途中から意識がなくなったらしい。朝十時過ぎに起きたら、いつのまにか自分の部屋に戻っていた。約束と言われても、まったく記憶にない。

「あ、やっぱ、覚えてないよ」

皆、わっと笑う。

「でも、大友さん、物証持って帰ってたから」

三和《みわ》の言葉に、また皆で笑う。

「物証？　何、それ」

本気で何を言っているのかと箸《はし》を割る椎名の肩を、原田が突いた。

「『森伊蔵《もりいぞう》』の空ボトル。大友さんがボトルキープしてた『森伊蔵』。お前、最後に勝手に飲み干しちゃって、大友さんに詫《わ》び入れさせられたのは覚えてる？」

「いや、詫びって土下座したとか、そんなの？」

そもそも焼酎そのものが得意ではないのにそんな勝手な真似《まね》をするだろうかと思うが、飲み会の終わりが全然、記憶にないので何とも言えない。

酔った上での土下座など、別にどうというほどのことはない。その場を写メで撮られたとかならちょっと痛いが、別に普段から完全な二枚目、それこそゴルフ部の堂島のようにキザで金回りのいいスーパースターなキャラで売っているわけでもないので、立ち直れないほどのダメージを食らうこともない。

「あ、椎名、ヤベー。そりゃ、相当ヤベーわ」

原田がニヤつきながらスマートフォンを取り出し、操作して見せる。

「何、これ…『飲み干したワビに、橘まひろを必ず落とします。椎名吉見』…………って、何？」

三大プレミア焼酎のひとつともいわれている、『森伊蔵』のラベル。その横に書かれている不穏な文字を読み上げ、椎名は声のトーンを落とす。

普段より乱れ躍っているが、間違いなく自分の字だとわかるだけに、心底、記憶にない言葉が謎だった。あるのは、嫌な予感ばかりだ。

「院生のあの橘先輩を落としますって、お前が必ずやりますからって言って」

「橘先輩って、あの橘真尋？」

「そう、あの橘真尋」

皆の妙に嬉しげな顔を見て、椎名は微妙に顔を歪《ゆが》めた。

「……って、男じゃん」

それは皆、笑うわけだ。できっこない。

酒の勢いで、できもしないことをやると公言した馬鹿《ばか》がいるというレベルの笑いだろう。

「その男の橘先輩をお前が落としますって、最後、胸叩いてたじゃないか。質《たち》悪いな」

質が悪いのは、酔ってぐだぐだな自分にそんな無茶を強要するお前らじゃないかと思った。

だが、実際、記憶にないとはいえ、自分が堂々とラベルに書いているのだから、他人ばかりを責められない。

橘真尋といえば、今、M大の院生となる男だった。椎名から見れば、二学年上にあたる。浪人や留年したという話も聞かないので、年齢も二つほど上だろう。

しかし、名の知れていることでいえば、椎名などの比ではない。

いまだに全国的に知らない者はないというほどの、かつての名子役だ。

しかも日本国内に限った話ではなく、世界的に有名な国際映画コンクールで助演男優賞を受賞したこともあるというレベルだ。

芸能界を引退した今も、一般人離れした美形として広く知られている。

母親はベテラン大女優の橘まどか。姉は才色兼備で名高い女子アナの橘かおるで、お嫁さんにしたい女子アナとして、ダントツ一位で名前が挙がる、今、もっとも旬な女性だ。

それだけでも十分に桁違いだが、すでに母親と離婚、別居している父親の方は、国際的に有名な日本映画の巨匠藤枝真之《ふじえだまさゆき》という、絵に描いたような有名人一家だった。

そのため、引退しても、始終、芸能関係のニュースでは名前が挙がる。

それに加えて、橘本人はM大附属幼稚舎からの数少ない内部上がり組だった。大学から大量に入ってくる外部生とは異なり、一般的なM大生から見ても完全なセレブ枠だ。

内部進学組は、進学の際に無試験のエスカレーター式だといわれているが、実際のところは、成績の悪い者はどんどん淘汰《とうた》されて進学できない仕組みになっている。なので、下から上がってくる少数の人間は、大学内でも相当成績がいい者ばかりだった。

芸能界引退後、本人は人前での露出を好んでいないらしいが、椎名自身は頭のいい立ち位置だと思っていた。

たいていの子役は大成しないというし、子供の頃に可愛らしくても、成長してその容姿レベルを維持するのは不可能に近いというのはよく聞く話だ。いまだに子供時代の橘真尋の役者としての完成度を高く評価する人間は多い。だからこそ逆に、あの時期に引退したのは正解だったろうと素人《しろうと》考えで思う。

ただ、橘本人の見た目は涼やかで細身の美形だが、男女問わずの相当の遊び人らしいとももっぱらの噂《うわさ》だ。

時々、週刊誌に有名モデル誰それとのお泊まり疑惑や、ゲイではないかという話のある年配の映画俳優某《ぼう》との公然熱愛関係などとスクープされている。

M大三大ポイ捨て男などとは、遊ぶ相手のランクも違う。立ち位置も違う。世間的な評価も違う。スケールがすごすぎて、比にもならない。

「いや、無理って…、さすがに橘真尋は無理。男だろ」

あまりにセレブすぎて…、と手を振る椎名に、原田はたたみかけてくる。

「でも、一昨日はお前、俺、男にも告《コク》られたことありますから、いけると思いますって豪語してたぜ」

「いや、告られただけで、つきあったわけじゃないし…」

何を言ってるんだ、一昨日の俺…と、椎名は大言壮語を吐いた自分にツッコミを入れたくなる。

「じゃ、先輩の『森伊蔵』返す？　そんじょそこらに売ってないし、プレミア価格で三万円以上はするぞ。先輩もあの店のオーナーと一生懸命に蔵元の抽選販売に応募して、半年以上かけてやっと当たったの、キープしてたんじゃないか」

蔵元から直接買えば定価で買えるらしいが、そもそも応募のための電話がつながらない。手に入れるのにどれだけ苦労するかという話を聞いたのは、当の大友自身からだった。

「…先輩に三万円払って、許してもらえないかな」

「払っても、オークションとかだと偽物つかまされる可能性高いっていうしな。大友先輩は焼酎にはうるさいから、ばれるんじゃない？」

「マジか…」

椎名は舌打ちする。金を払って、みすみす偽物をつかまされるのも癪《しゃく》だ。だいたいにおいて定価の十倍ほどの値段で転売するような相手に、金を払うのも馬鹿馬鹿しい。

「第一、お前、渋る大友先輩に『俺がこの約束守らなかったら、ネットでこの文章アップしてもらってもいいです』ってヘラヘラ笑ってたぜ。大友先輩なら、それスマホで録音したの持ってるよ。お前、大友先輩のスマホに吹き込んでたもん」

「…何、それ。酔った俺、すげー質悪い…。本当に最低」

酒はほどほどに飲むが、意識を飛ばすまで飲んだことなど、ほとんどない。

酔うと気が大きくなって陽気になるらしいが、たいていの酔っ払いはそういうものだと思う。泣き上戸や絡み酒じゃないだけ、マシだ。

だが、このやり口、このノリはほぼ絡み酒ではないのかと、椎名は手にした原田のスマホの画面をじっと眺める。

「なんで、橘真尋？」

よりによって、顔は知ってるけれども話したことは一度もない超有名人を落として見せますなどという話になっているのかと、椎名は眉《まゆ》をひそめる。

確かに自分は本質的に女の子に対してはチャラチャラして軽い男で、いい加減なところもあるが、ここまで馬鹿な賭《か》けをやるほど頭は悪くないつもりだ。

原田らの話を総合すると、飲み会の最後の方で大友が大事に飲んでいる『森伊蔵』を誰かがちらりと舐《な》めさせてくれなどという話になり、ロック一杯分を全員にまわすぐらいならいいよという話になったらしい。

それで肝心のボトルとグラスが出てきて、全員でありがたがりながらまわし飲みし、なんやかんやと感想を話している間に、なぜか酔った椎名が勝手にボトルを自分のグラスに注いで、四分の一ほど残っていたボトルをすべて空けてしまったという話だった。

詫びに何でもしますからという椎名に、色男でも絶対に落ちそうにない相手を口説いてこいなどという話になっているあたり、大友も酔っていたのか、それなりに怒っていたのかは知らない。

「もともと半分以上、意識飛んでたのに、そこから四分の一も焼酎のボトル空けりゃ、俺もグダグダになるよな。俺の知らない、もうひとりの俺が中から出てきたとか？」

勘弁してよと、椎名は頭を抱える。

「いや、顔は赤くて声はやたらとデカくて、妙に自信満々だったけど、そこまでグダグダじゃなかったぞ。正直言うと、態度はかなり悪かったけどさ」

「よけい質悪いよ、絶対に俺の中にもうひとりがいるって…」

友人達のフォローに、椎名はテンション低く呟《つぶや》く。

そんなめちゃくちゃな賭けに、自分に不利な証拠を大量に残すあたり、どうしようもない。

「…大友先輩に頭下げたら、許してもらえないかな」

「お前、大見得切ってたからなー、どうかなぁ？」

こんな友人達の言い分では、普段のモテぶりに対する、多少のやっかみもあるのか。

散々につつかれ、囃《はや》したてられながらうどんを啜《すす》っていると、椎名のスマートフォンにメールが入る。

『椎名、一昨日の約束、絶対に忘れるなよ！　反故《ほご》にしたら、お前の証言と共にネットにアップするぞ！』

大友本人からのメールには、原田の持っている画像と同じ字の書かれた『森伊蔵』の瓶そのもの写真が添付されていた。

無言となった椎名のスマホを覗《のぞ》き込んだ連中は、面白半分に腹を抱えて笑っている。

「…マジ？」

椎名は低く溜息《ためいき》をついた。

そうは言いながらも、椎名はまだどこかでタカをくっていた。

いくら世間に広く知られた有名人とはいえ、橘真尋は芸能誌に次々と浮名を流すのが始終載るような相手だ。本気で『森伊蔵』の入手法を考える前に、駄目元で軽く声をかけてみるぐらいならかまわないだろう。

遠目に何度か見かけた限りは悪い印象を受けなかった。芸能家族で元有名子役という言葉だけ聞くと派手で過去を鼻にかけ、お高くとまったタイプをイメージするが、どちらかというとおとなしくて謙虚なタイプに見えた。

たいしたもので、校内の噂を聞いている分にもマイナスな話はまったく聞かない。

ただ、あまりに一般人離れしたオーラのある美形で、笑顔ひとつとっても謎《なぞ》めいてる。プライバシーについて、詮索されるのを好まないという話もよく聞く。親しい人間とそうでない人間との線引きが非常にはっきりしていて、親しくない人間へのあしらいはそつがなさすぎて、つけいる隙《すき》もないという話だ。

サークルや部にも所属していないし、コンパや飲み会にも絶対出てこないので、親しくなりたがっている人間は多いが、実際に親しい人間は数えるほどだという。

普段、橘真尋が一緒にいることで有名なのは、時任広也《ときとうひろや》という幼稚舎からの幼馴染《おさなじ》みだった。聞いた話では、従兄弟《いとこ》でもあるらしい。

時任自身は大手製菓メーカーの起業一族の御曹司だという話だが、内部組にはその手のセレブクラスは普通にいるので、それだけでは驚くに値しない。

橘本人は幼稚舎から高校時代までは学校への送迎にすら車を使っていて、他校の生徒は顔を見ることもできなかったという話だ。

ようするにほとんどの人間にとって、大学は一緒でも雲の上の存在だった。交際相手に関しても、スケールが桁違いすぎて、またスクープされてたね…程度のネタだ。

橘真尋本人はすでに芸能界を引退したとはいえ、今も有名芸能一家のひとりならばそれも当たり前かと思う。

椎名でさえ、街中を歩いている時に、たまにものも言わずにすぐそばまで寄ってきて、無言で写真を撮っていく子などがいる。大学構内でも、話したこともないのに馴《な》れ馴れしく寄ってきて、撮影に連れていってほしい、芸能人の○○を紹介して欲しい、モデルになりたいから仕事先を世話してくれなどという相手もいる。

単に有名人に対する距離感の欠如なのだろうが、ああいうのはかなり気分が悪い。椎名にとってのモデルはあくまでもバイトであって、自分は本職のモデルではないという意識があるからよけいだ。

橘真尋レベルほどの芸能一家となると、そこまで徹底して自分を守る意識を持たないと、色んな下心を持つ人間がいくらでも周囲に集まってくるのだろう。

それについては、純粋に同情する。

三限の教室に早めに入った椎名は、学内の人間関係をやたら詳しく把握している、噂好きの女の子に声をかけた。

「鈴木《すずき》さん、ちょっと」

「何？」

友達と三人で席取りをしている女の子は、気安く返事をする。

「橘真尋っているでしょ？　あんまり構内では会えないかなぁ？」

「えー、橘真尋ぉ？　ガード固いもんねぇ。たまに見かけても、いっつも時任さんと歩いてるし。時任さんもさ、普通にいい男だよね。いいとこの御曹司だしさぁ」

あけすけな笑いに、椎名は突っ込んで尋ねる。

「時任って親戚《しんせき》関係だっけ？　そんなに仲いいものなの？」

「ゲイ友じゃないの？」

鈴木の隣のアサミちゃんが、ネイルを気にかけながらもあっさりと言う。

「ゲイ友って…」

椎名が苦笑すると、ねぇ、と女の子達は顔を見合わせるばかりだ。

「でも、それっぽい話聞くよね。親戚とか、幼馴染み以上に仲いいって」

「ゲイ友っていうより、実際つきあってるんじゃないの？　私、そう聞いたけど」

「そりゃ、男同士でべったりひっついてたら、普通おかしいんじゃないかって思うよねー」

キャハハハハーッ…、とけたたましい笑い声を上げ、女の子達がバンバンと机を叩くのに、教室内のかなりの人数が振り返る。噂に尾ひれがつくというのはこういうことだろうかと、椎名はかしましい女の子達に向けていた作り笑顔を消した。

これでは周囲と距離を置きたくなる橘真尋の気持ちがわかる。この勢いでは、そのうち椎名すらホモにされかねない。

「椎名君、なんで橘真尋と会いたいの？」

「うん、俺のバイトしてるモデル事務所の人が、連絡取りたいみたいなこと言ってたから…」

椎名は適当なことを言ってお茶を濁す。

モデル事務所の人間が、引退したとはいえ、あんな大物芸能人に椎名のような素人を通して連絡を取りたいなどということは絶対にないが、女の子らはそんなでまかせを信じたようだった。

「私、中央図書館で何回か会ったよ。あそこから渡り廊下でつながってる、法学部研究図書室によくいるみたいなんだよね」

「あー、あの人、ガチで頭いいんだよね？　すっごい真面目《まじめ》に勉強してるって聞いた」

「夕方とか、たまに時任さんと一緒に中央玄関の方に出てきて、食堂行くみたいなの。太縁《ふとぶち》の優等生っぽいセルの眼鏡《めがね》かけてたけど、やっぱ美形だから目立つ」

「眼鏡はかけたり、かけてなかったりだよね？」

「コンタクトの時もあるんだって。眼鏡は眼鏡でいいよ。眼鏡男子風で」

「どうかなぁ？　なんかこぢんまりまとまっちゃった感じ。無難なところ、狙《ねら》い過ぎじゃない？」

他人だと思うのか、元芸能人だから何を言っても平気だと思うのか、勝手な意見も飛び出してくる。

「身長が中途半端なんだよね。もう少し伸びるか、逆に小さいままでよかったのにって思う」

「身長はさすがに止められないよ、エリ、無茶言うー」

口々に好き放題を言う女の子に、椎名は適当な相槌《あいづち》を打つ。

橘真尋の見た目については、もともとまったくネガティブなイメージはない。最初見た時には、自分の記憶の中では優等生子役だった橘が、ずいぶん綺麗《きれい》な男に成長したものだなと思った。

子役時代も、もともと線の細い系統の容姿だったので、『この大学にはあの橘真尋がいる』という話を聞いても、すごくマッチョな男を想像していたわけではない。

高校時代、橘真尋がM大にいるという話や、その真尋の有名人らとのゴシップなどは電車の吊《つ》り広告や、クラスメイトらとのちょっとした芸能ネタなどで見聞きしたことはある。でも、実際に手にとってまで、芸能雑誌でそんな橘真尋の写真を確かめたわけではなかった。

だから、実際に目《ま》の当たりにした時には、あれが子供の頃から馴染んでいた橘真尋なのかと、そこいらの学生に混じって純粋に感心した。

椎名も当時はまだモデルのバイトもしていない、ただの新入生に過ぎなかったせいもある。まわりが橘真尋を遠巻きにしていたのは、むろん、橘真尋が有名人だったためだ。しかし、仮に元芸能人でなくても、周囲からはかなり抜きんでた容姿だった。

身長は、椎名が思っていたよりも高かった。多分、百七十センチ台の後半はある。ただ、身体《からだ》つきはすらりとしてバランスがいいが、全体的には細身だった。顔などは本当に小さくて、色が抜けるように白い。

多少の芸能人を見慣れた今となっても、やっぱり真尋は顔が小さく、色白で四肢《しし》のバランスのいいことはわかるので、はじめて見た時の感動は生半可なものではなかった。

むろん、椎名も昔からかっこいいと言われ続けた部類だ。高校時代まで水泳を続けていたので、スタイルのよさにも定評はある。雑誌などでモデルをやっているのも、身長とスタイルのよさ、独特の甘さと華のある顔立ちなどを見込まれてのことだった。

しかし、やはり真尋を見た時には、自分なんかとはランク違いの人間だと思った。

服装などもまわりから浮くほどに派手すぎることはなく、学生であるというTPOをきっちりわきまえている。かつ、自分に似合うものをちゃんとよく知っているという雰囲気で、周囲の評価通り、本当に悪いイメージを持てない相手だった。

男は相手にしたことはないが、橘真尋ほどに繊細な顔立ちの美形であれば、十分に許容ラインだ。男とはやったことがないから…という好奇心もある。

いつもそばにいる時任も、実は橘真尋と関係してるという噂もあるなら、多分、橘本人は男女ともにイケる口なのだろう。

やさしげで繊細な見た目とは裏腹の、いくつもの浮名のある百戦錬磨の相手なら、そして周囲から身を守るだけの知恵と分別のある相手なら、うまくアプローチさえすれば、適当に遊んでくれるのではないかと思った。

大友らも、別にがっつり本気で恋人にしてもらえと言っているわけではないだろう。

「じゃあ、中央図書館にいたらつかまえられるかな。ありがと」

聞きたいことだけさっさと聞き出すと、椎名は自分が次の詮索のターゲットにされる前にさっさと席を立ち、男友達をつかまえて隣に座った。

教授が入ってきて、端から出席カードをまわしてゆくのを見ながら、この授業の後、図書館を覗きに行ってみるかと思う。

椎名自身、ここ数年間、何年も真面目に思い続けた相手などいない。

それどころか、女の子を意識しだした頃から、この容姿のために相手には何不自由なく過ごしてきた。同い年、年下、年上と色んな相手がいたが、誰ともそれなりにうまく遊んできたつもりだ。本気だとか、本命だとか、その手の言葉も真剣に取り合ったことはない。

そろそろ、毛色の違う相手も試してみたい。

年上の、それもスマートに遊ぶ術《すべ》を知った相手、しかも男なら、これまで知らなかった遊び方やキワキワの感覚を教えてくれるかもしれない。

相手にされないならされないで、その時は「やっぱり、俺なんか眼中にないらしいです」と言って、さっさと大友に白旗を揚げればいいだけだ。

椎名は、目新しい刺激に少しわくわくしていた。

Ｍ大構内にある法学部研究図書室の二階の開架書棚の前で、数冊の本を抱えた真尋は最上段へと指を伸ばした。

「この本ですか?」

ひょいと伸びてきた手が、難なく一番上の棚にある本を取り出す。

「どうもありがとう」

背の高い男だなと思いながら相手を見返すと、どこかで覚えのある顔だった。鼻筋の通った顔立ちは整っていて、目許《めもと》や口許に特有の華と甘さのある男だ。

ほどよくラフな髪型。手脚がそれとわかるほどに長くて、スタイルは抜群にいい。ダークトーンのシャツの胸許に、小ぶりなシルバーのアクセサリーが重ねづけしてあって、自分のスタイルや顔立ちにそれなりに自信がありそうだ。

「あ、やっぱり、すっごい綺麗」

長身の男はにっこり笑う。

やはり、この笑顔に見覚えがあると思ったが、声の方が記憶にない。

一度会った相手、話した相手は極力覚えるようにしているが、会って話したというわけではないのだろうかと真尋は記憶を探る。

「君…」

「椎名です。経済学部の椎名吉見」

名前を聞いて、見た目と記憶とが一致する。シーナという名で、たまにメンズ雑誌などでモデルをやっているという下級生だ。同じ研究室の女の子から、聞いたことがある。

今、M大の男子学生で、いい男とやらで名前が挙がる何人かのうちのひとりだ。

この間まで、山手線のホームの目立つ位置にあるポスターに、こちらを覗き込むようにして写っていた。どこかのアパレルのポスターだったと思う。その手のモデルとしてはくせのない甘めの顔立ちで、嫌味がないなと思っていつも横目に通り過ぎていた。

フルネームで名乗るということは、ある程度、自分をアピールしたいのだろうなと、真尋はよそよそしくない程度の笑みを作る。

「資料…ですか？」

真尋が手にしたメモをちらりと見たのか、椎名が尋ねてくる。

「君、経済だったら、ここには用事はないんじゃない？」

経済学部だと名乗った相手に、真尋は笑顔のままで軽い牽制《けんせい》をしておく。

もともと、法学部の学生以外はかなり面倒な手続きを取らなければ、入っては来れない場所だ。別に椎名本人に悪い印象を持ったわけではないが、相手の距離の詰め方の意図がわかるまでは、誰であっても軽々しく近づけたくない。

「ちょっとごめんなさい、橘先輩に話があって」

「話？　ここで？」

真尋は書架の前後を見渡す。周囲に人影はないが、基本的には私語は控えなければならない場所だ。人が少ない時間とはいえ、周囲がはばかられる。

「時間そんなにとらないんで…って」

そこまで言いかけ、あ…、と椎名は憎みきれない笑顔を見せる。

「こんなこと言ったら、ナンパかキャッチみたいですけど、少しだけ話つきあってもらっていいですか？」

どうしようかと、真尋は迷った。

多分、他学部生には立ち入り条件の厳しい専用図書館にこの青年がいるのは、たまたま出会ったというのではなく、おそらくここに来れば真尋がいると知ってのことだ。

普段、いきなり呼び止めて話がしたいと言ってくるような相手は、なるべく断るようにしている。たいていは、ろくでもない用事だからだ。

ただ、なぜかこの時に限って、目の前の青年の話は聞いてみたいような気がした。

何がどうとはうまく言えないけれど、もう少し話がしてみたかった。

真尋自身、表面上の愛想のよさとは異なり、けっこう人見知りする方なので、そう思う相手は稀《まれ》だ。

メディアを通してはいたが、別に椎名本人に悪いイメージを持っていなかったせいもある。

声をかけてくるシチュエーションもスマートだったし、ちゃんと人目にはつかないところを選ぶ分別があるのもわかる。

そして何より、目の前に立たれた時に悪印象を持たなかった。多分、それが一番の理由だった。

しばらく迷った後、真尋は視線を上げる。

「ここは立ち話をするところじゃないから、渡り廊下になってしまうけど…」

研究に特化した図書室内では他に場所もなく、二人は中央図書館と法学部研究図書室との間の二階の渡り廊下へと場所を移す。

「直球ですみませんが、橘先輩、今、つきあってる人とかいます?」

男は早々に話を切り出す。

「どういう意味だろう?」

まさか初対面の相手に、馬鹿正直に交際経験を答えるわけもなく、真尋は曖昧に笑う。

「いや…」

ここへ来て初めて、椎名は額《ひたい》のあたりに手をあてがい、少し考える様子を見せる。言葉を探している、あるいは言葉を選んでいるだろうことはわかった。

「特に問題なければ、俺とつきあってもらえないかなって思って」

ストレート過ぎる言葉に、真尋はまじまじと相手を見返す。

「…僕は男だけど」

真意を測りかね、自分より五センチ以上は高いだろう相手を見返す。モデルをやっているというだけに、実際の身長よりも背が高く見える上に見栄えがする。

肩幅と胸まわりに適度な厚みがあって、服の上からもしなやかな筋肉が見てとれる、理想的な青年体型だった。

「男だとマズいですか？」

「普通はあまりないかな？」

「ですよね」

椎名は、意外にも苦笑した。思わず、真尋もつられて笑ってしまう。

「いきなりだし…」

「すみません、いつも遠くから見てるだけで、なかなか近づけなくて」

それは確かだ。学内でもあまり人の多い場所には近づかないし、学祭などのイベントにも極力参加しない。特定のサークルや部にも所属していないので、普通の人間は近づけないだろう。あえて、近づけないようにしてきたのだから、それが普通だ。

「近づくきっかけがないと、話すこともできないし…、だから、今日はさっきみたいに下手《へた》な芝居を打ってみました」

怒りました？…などと、椎名は目を細める。憎めない表情を、本人が十分に心得ているのがわかる。

「それって、まずは友達や先輩、後輩の関係からはじめてみるのはどうだろう?」

「それも悪くないんですけど…」

椎名は渡り廊下の外へと視線を流すと、あらためて真尋を見下ろしてくる。

「下心を持っている身としては、辛《つら》いです。真尋さん、人気ありそうだから。それでも待ってろって言われれば、待ちますけど…、俺の気持ちはちゃんと知っといてほしいです」

「僕は君のこと、まったく知らないよ」

「でも、どうせ知らないなら、友達とかそういうのを通り越して、つきあう相手として知るのはありじゃないですか?」

詭弁《きべん》っぽい気がしたが、椎名の口から出ると魅力的だった。真尋には、こんな風に積極的に口説かれた経験もない。

それに…、と椎名はつけ足す。

「それに、男同士のつきあい方がよくわからないのは、俺も一緒ですから」

椎名は後ろの窓に背中を預け、少し意味ありげな笑い方を見せた。

「色々、教えてもらってもいいですか?」

椎名の言葉に、ああ…、と真尋は納得する。

芸能雑誌などで取り上げられる自分のイメージが、性的に奔放《ほんぽう》とされているのは知っている。多分、昔に演じた、頭がよく、良心を持たない少年のイメージが、いまだに真尋にはついてまわっている。

真尋はわずかに目を細め、あの時の役柄そのままに、あえて乾いた声を作った。

「君が思うほど、僕には魅力がないかもしれないよ？」

一瞬だったが、目の前の男が息を呑《の》んで自分に見入るのがわかる。

しかし、それも一瞬のことで、すぐに椎名はもとのように笑みを作り直した。

「…少なくとも、橘先輩は魅力的だと思いますけど」

真尋は臆面《おくめん》もなく、さらりと言ってのける椎名を見上げた。

人目を引く甘めの顔立ちに、年相応の軽薄さとものの馴れた無責任さがある。相手をほめることに躊躇《ちゅうちょ》しない、多少のリップサービスは苦にも思ってなさそうなタイプだ。

でも…、と真尋は思う。

嫌いなタイプではない。あの駅のポスターを見た時も、悪い印象は持たなかった。

何がここまで、自分の中でこの椎名に対する垣根を低くしているのかはわからないが、そんな相手に会うのはごく稀だ。

真尋はそんな椎名をしばらく眺めた後、ひとつ頷《うなず》いた。

「いいよ、つきあおう」

「あ、ラッキー」

椎名はにぱっと笑って、小さくガッツポーズを作る。それが予想以上に子供っぽく、無邪気に見えた。

「ラッキーって…」

「ラッキーですよ。俺、絶対、断られるって思ってたし」

さほどの悲愴《ひそう》感もなく、椎名は目を細める。

言葉ほどには、そう思ってもいなさそうだが、さっきの子供じみた笑いは憎めない。

「じゃあ、とりあえずご飯でも行きません？　それとも、いきなりそういうのって引きます？」

「…引きはしないけど、あまり人が多いところは…」

「あ、そうですね」

椎名もモデルなどをやっているという分、真尋の言いたいことはすぐに思いあたったようで、どこがいいかな…、などと髪をかき上げる。

これは別に計算しての仕種《しぐさ》ではないようだが、様になっていてかっこいい。

「個室のあるところ、それで飯の美味いところ、お酒もそれなりに飲めるところ探して連絡入れます。連絡先教えてもらっていいですか？」

さりげない仕種でスマートフォンを取り出され、よほどのことがない限り、連絡先を人に教えたことのない真尋は、あ…、とポケットを探る。そして、入り口のロッカーに財布などと共に入れたことを思いだした。

「連絡先とか…、まずかったですか？」

「いや、ごめん。携帯、下のロッカーに入れたままで」

椎名はまた目を細めて笑った。

「すっご、意外。真尋さん、けっこう可愛い人だな」

ほとんど知らない下級生だったが、相手の心を蕩《とろ》かすような笑い方、屈託のない笑顔は魅力的だった。

「俺、取ってきますよ。鍵《かぎ》貸して」

はい、と大きな手を差し出されたことに驚きながら、真尋は思わずロッカーの鍵を渡してしまう。

「そこで待っててください、すぐに上がってきますから」

軽いノリと、軽いフットワーク…、いかにも今時の相手だった。

ノリは軽いが、真尋には不可能な強引な距離の詰め方は羨《うらや》ましい。こんな風に、とんとんと積極的にアプローチされれば、悪く思う相手はいなさそうだ。

「携帯、これ。勝手にポケット探っちゃった。よかったの？」

階段を数段飛ばしで上がってきた椎名は、ほとんど息を乱すこともなく真尋の携帯と、ロッカーの鍵を差し出してくる。

「君、女の子にモテるだろう?」

連絡先を交換しながら尋ねると、どうして?…、などと椎名は目を細めて見せる。

「真尋さんはけっこう嫉妬《しっと》深い方? なら、気をつけるけど」

椎名は答えにもならない答えを、平然と笑顔で返す。適度な面の皮の厚さは持ち合わせているらしい。

「どうだろう?」

真尋は曖昧な笑いに終始する。笑顔で探り合い、はぐらかすような関係を期待されているなら、多分、それには合わせられる。

問題は実技だ。

「じゃ、また連絡入れますね」

椎名は真尋に軽く手を挙げ、二階の渡り廊下から中央図書館へと戻ってゆく。

「なぁ、今のってさ、確か経済の椎名だろ?」

その様子を少し離れた階段の上から見下ろしていたらしく、幼稚舎から一緒の時任が、飾り枠のついた階段の手すりに腕を引っかけ、尋ねてくる。

黒いセルフレームの眼鏡を愛用している、真尋の幼稚園の頃からの幼馴染みだった。

あまりに長く一緒にいすぎて、そして家が近くて家族同士も行き来のあるつきあいなので、感覚的には兄弟に近い。

比較的ストレートに物を言う男で、真尋の数少ない、腹を割って話せる友人だった。

「うん、知ってたんだ？」

「顔ぐらいは見たことあるよ。そこそこ有名人だし。シーナとかいうカタカナ名で、モデルやってるんじゃないの？　本業じゃないって聞いたけど…。うちのゼミの村井《むらい》が、すっごい気に入ってるじゃないか。スタイルのよさと甘めのルックスがパーフェクトって。連れて歩きたいってさ」

パーフェクトっていうほどのことはないと思うけど…、などと真尋と肩を並べた時任はドライに呟く。

「村井さん？　そうだったっけ？」

「うちの三大尻軽男だったけ？　なんか、そんなののひとりだろ。あとはアメフト部の誰かと、ゴルフ部の堂島と」

「尻軽男…」

知らなかったな、と真尋は呟く。

容姿は確かに人並み優れていて自信もありそうだったが、同時にそこそこ頭もよさそうで、対人スキルも高そうに見えた。芸能界で相当に鍛えられたつもりでいたが、引退してそれなりに年月も経《た》つ。自分の人を見る目も落ちてきたのだろうか。

「まぁ、三人の中では一番マシかなぁ。他二人が最低すぎて、話にならない」

毒舌な時任は、ゼミの名前で押さえてある研究用ブースへと向かいながら、淡々と言い捨てる。

ゼミ研究用ブースは、平たくいえばパーティションで仕切られた半オープンのスペースで、長机と椅子が置かれている。

本来はゼミごとの禁帯出の書籍閲覧目的の場所で、防犯カメラも作動しているため、遊んだり飲食したりといった妙な真似をすれば、司書につまみ出される。純粋に研究室の延長と考えられている場所だ。

それでも食堂などではいまだに人目を引くことの多い真尋にとっては、学内では比較的いやすい場所だった。もちろん、その分研究や課題も真面目にやっているつもりだ。

時任と共にそのブースへと足を踏み入れながら、真尋は感心した。

「詳しいね」

「詳しいって、アメフトの連中はメンバー全員女に関してはどうしようもないし、ひとつ下の堂島は昔から最低に性格悪かっただろう?」

「そうだったかな…」

そういえばひとつ下に、何かと上級生の反感を買っている生意気だと噂の後輩がいたなと、時任の指摘で思い出す。数少ない内部進学組の常で、先輩後輩にかかわらず、家庭状況から性格から、まるで親族内の出来事のように詳しく知られてしまう。

「…で、その椎名が何の用？」

「うん、つきあって欲しいって」

「はぁ？」

ノート型ＰＣを立ち上げていた時任は、怪訝《けげん》な顔を真尋に向ける。

「なんで？」

「魅力的だからって」

時任は眉を寄せた。

「理由になってない。あいつ、女何人もコマしてるので有名だろ？　男もイケるの？」

「さぁ？」

「さぁ…じゃない！　お前も、もっと驚け！」

「驚くっていうなら、世の中、もっと変わった人いっぱいいるから」

ねぇ、と時任に同意を求めると、呆《あき》れ顔を作られた。

「お前の知ってる芸能マスコミ関係の、究極非常識人種基準でものごとを判断するな」

「究極非常識人種かぁ、確かにそうだよね」

自分の知る数々の突飛な人々を思い、真尋は笑った。

「笑い事じゃない、本気で言ってるんだ」

「ありがとう、広也」

また…、と真尋の顔を見て、時任は嫌そうに顔をしかめた。

「すぐにそうやって礼なんかで人を煙に巻こうとしやがって。お前の悪い癖だ」

「煙に巻こうなんて、思ってないよ」

真尋は少し考えた後、ぽつんと言った。

「いいかなって…」

「何がいいよ？」

「僕、面と向かってつきあってくれとか言われたの、初めてだから」

真尋の言葉に、時任は溜息をつく。

「そりゃ、お前に向かってつきあってくれとかいう図太《ずぶと》いタマは、普通いないわな。たまにいるのは、完全に勘違いしてる危ない系とかでさ。つきあう云々《うんぬん》以前に、警備員呼びたくなるようなのだったし。あと、高校の時は集団でキャーキャー言いながら、お祭りみたいにチョコレート渡しに来た連中か」

集団でまわりを取り囲んだ女の子それぞれにチョコレートを渡され、ひと抱えほどのチョコレートを持って帰るのに困ったことを覚えている。不公平にならないように、一律で同じクマのマスコットとクッキーとを返した。小遣いではとても追いつかないので、母に頼んで資金を援助してもらった。

遠巻きに見られる高嶺《たかね》の花だったのか、単なる観賞枠にすぎなかったのか、今もあの時の女の子達の心理はよくわからないが…。

「うん、だから嬉しいかなって思っちゃった」

真尋が微笑むと、時任はややいたたまれないような顔を作る。

これまでの生い立ちが特殊すぎて、実のところ、真尋には真剣に誰かにつきあって欲しいと言われたことがない。もちろん、誰かとの交際経験もない。

中学時代も引退するまでは、仕事、仕事で、学校の出席日数自体がギリギリだった。校内にいる時間が少なく、何度かもらった呼び出しのラブレターなどには応じる時間もなかった。

芸能界を引退してからは逆に、あれやこれやと派手な交際相手が週刊誌ネタ、ワイドショーネタとなっていたので、まわりには常に誰か芸能界に恋人がいるように思われていたようだ。

今も写真週刊誌などには、よく熱愛関係発覚などと書き立てられているらしいが、実際には飲みに行ったり、自宅に招かれたりなどというのをオーバーに、さも何事かがあったかのように騒がれているだけだ。

でも、そのせいで一般人では満足しない元芸能人、あるいは節操のない男などと思われているのか、まともな相手から告白されたことはなかった。

「つきあってくれって言われたのか?」

「…好きなんだけど、どういうふうにしたらいいかわからないから、教えてもらえないか…、みたいな？」

「はぁ？　何だ、それ」

時任は苦々しい顔となる。

「言い方ってものがあるだろ？　馬鹿にしてんのか、あいつ？」

真尋は首をかしげる。

「…そういうふうにも見えなかったけど」

「あれか？　まだ、お前の前にやったあのサイコな役…、えっと、夜月怜《やづきれい》だったっけ？　あのイメージで近づいて来てるんじゃないだろうな？」

「あれ、キツい役だったもんねぇ」

真尋が笑うと、時任は嫌そうに顔をしかめた。こういう時の時任は、真尋を芸能界から遠ざけたがる父親とまったく同じ表情となる。

「お前さ、他人から求められた役に合わせようとするの、やめろよ」

「別にそんなつもりはないんだけど…」

「…なら、いいけどな」

時任はしばらく黙って、手の中のペンをまわす。

ＰＣのかたわらに広げたルーズリーフに論文の要旨を書きかけた時任は、再び真尋を見る。

「…お前、まだ女苦手？」

「苦手っていうか…」

真尋もモバイルの電源を入れながら口をつぐむ。

「うん、まぁ…、どうかな」

言葉を濁してみたが、本当のところはやはり少し苦手だ。

とはいえ、女性とは話せない、近づきたくないから苦手という種類の苦手意識とは、まったく異なる。

ゼミ仲間や内部進学組にはそこそこ仲のいい女の子もいる。芸能界でも真尋は安全パイだなどと思われているのか、よく飲みに誘ってくれたりする子もいた。姉の橘かおるとは、仲のいい姉弟だと思う。

だが、恋愛対象として見られるかというと、かなり厳しい。

いまだに引いてしまう、身構えてしまうのは、引退までに色々あったせいだ。

一番大きな理由は、子供の頃から五年以上真尋を追いかけまわしていた三十代の女性ストーカーだろうか。

最初は夫に親権を取られた自分の息子と真尋を重ね合わせていたようだが、途中からどんどん送られてくる手紙などのつじつまが合わなくなったと、手紙を真尋には見せないようにしていたマネージャーなどから後で聞いた。

危ない相手だからと周囲にブロックされるようになったため、相手がエスカレートした経緯はわからないが、警備の薄い地方の収録局によっては、楽屋の中まで入り込まれたこともあった。

職業柄、人前で出せる話でもなく、その女性ストーカーが逮捕されるまでの経過を知る人間も少ないが、最後はその女性が真尋相手に刃物をふりまわして逮捕されるまで、ずっと恐ろしくてたまらなかった。今も時々、形相《ぎょうそう》を変えてナイフを振り回す女に追われる夢を見る。

確かにその女性ストーカーは、直接原因といえないまでも、真尋が引退を決意する一因ともなっていた。

それ以外にも、年配の女性プロデューサーに軽いセクハラを受けたりと、あえて時任にも話していない…、むしろ、言えなかったようなことはいくらでもあった。

子役間でのライバル意識や陰湿なイジメなどもあった。

男の子ばかりでなく、女の子であっても、真尋は時に相手役を喰ってしまうと、いい顔をされなかった。収録中にずっと、子役の母親達込みの何人かで陰口をたたかれたこともある。

芸能界では表向きは非常に女性らしくたおやかでも、中身は男以上に仕事意識が高く、中身はまるで男と変わりないさばさばした性格の真尋の母親、橘まどかのような女優、タレントはとても多い。

逆に『女』を全面的に武器として押し出してくる手合いも山ほどいる。性的な魅力、楚々《そそ》とした可憐さ、儚《はかな》さ…、そういった諸々《もろもろ》を、すべて武器として備えるような手合いだ。

どちらもよく知っているが、そのせいか、女性に対しては一線引いてしまう。引いてしまうというより、あまり魅力を感じない。

きれいだとか、いかにも女性らしい丸みのあるラインなどというのはわかるが、それが恋心や欲望などとは直結しない。自分も含めて、どんなに整っていても、顔やスタイルはあくまでも商品にすぎないという意識が真っ先に来る。

これは特に男女の関係なしに、芸能人はとにかく見てくれや演技を売る商品なのだというのが、子供の頃から叩き込まれた真尋のプロ意識からくるものだった。

真尋自身もその商品のひとつで、たまたまそれが世間に受けて売れていただけだ。

そんな商品が、同じ商品に手を出してはならないというのは、真尋の中では絶対的な御法度でもあった。

噂程度ならいいが、実際に女優やアイドルを妊娠《にんしん》、出産させたりすれば、事務所がどれだけのダメージを受け、多額の損害金を払わねばならないかというのも、子供の頃から目の当たりにしている。

淡い恋心だの、幼馴染みの女の子への淡い気持ちなどの数々を演じてきた真尋だが、実際には誰かにそんな気持ちを抱《いだ》いたことは一度もないまま、この歳《とし》まで来てしまった。

時任は、そんな感覚がまずわからないと言う。

話は聞いてくれるし、同情もしてくれるが、誰かしら、ちょっといいなと思う相手ぐらいはいるだろうと言う。

だが、真尋にはそれがない。

真尋の初めてのキスの相手は、今はもう亡き女優の梶本《かじもと》エリだ。三十二歳の若さで急逝したことをいまだに惜しまれている、正統派の美人女優だった。

当時の真尋は六歳で、梶本エリは二十七歳だったと思う。憧《あこが》れの隣のお姉さんにキスと共にプロポーズする、ませた子供の役だった。梶本エリはしっとりした役柄が多かったが、実際にはさばさばした人柄で、子供の真尋相手に何度か練習をさせてくれた。

あの頃の真尋は大人びている、舞台度胸がある、頭がいい、演技がうまいなどと評価をもらっていたが、中身はまだまだ子供だったのだと思う。

これがファーストキスだよね、羨ましい、代わってほしいなどとスタッフにからかわれて照れ笑いを浮かべることはあっても、実際のところ、その意味などわかってもいなかった。

別に男なので、貞操云々と女の子ほど大げさに考える必要もないし、相手の梶本エリは亡くなった今も好きな女優だ。共演した時にも、実の弟や子供のように可愛がってもらった。

相手に不足があるわけでなし、むしろ一般的な男の目から見ると申し分ない、夢のような相手だったと思う。

だが同時に、何かとても大事なものをどこかに置き忘れたような気がするのも確かだった。

あれから十三歳で引退するまでに、映画やドラマを含めて、役の上では十回を超えるキスシーンがあっただろうか。多分、あの年齢の子供としては、過剰なまでに多い。

特に引退前の役は、実年齢より二歳上の十五歳の役で、異様に顔と頭のいい少年が、自分の持った、ありとあらゆる魅力を駆使するというものだった。その魅力で周囲の女性を含めた大人、同級生、年下の子供らを操り、ある地方都市を自分の思うように支配下に治めるというドラマの、かなりサイコな敵役《かたき》だったので、複数の女性との濡《ぬ》れ場があった。

それまでの真尋は、キスシーンなどはあっても、綺麗な役、純粋無垢《むく》な役、理想と現実とのギャップの中で思い悩む多感な少年役などと、繊細な役柄が多かった。

だが、それらとは一転した、したたかで計算高くどこまでも自分本位な少年の役は、当時、すでに天才子役などと祭り上げられていた橘真尋の役者としての名前を、不動にしたともいわれている。

くだんの濡れ場もかなり大胆なもので、当時、真尋は局部以外のほとんどをカメラの前に露出している。役者は外見も商品のひとつだという意識を子供の頃からすり込まれているので、裸になること自体にはあの時も抵抗はなかった。

少年らしからぬ激しい濡れ場に、橘真尋のイメージダウンを危惧《きぐ》する声は確かにあった。

当時、映画撮影で国外に行っていた保守的な父親は激怒した。母親のまどかや所属事務所側に対し、十三歳の真尋にあんな役をさせるのは児童虐待《ぎゃくたい》もいいところだと言った。真尋も国際通話で一時間近く叱責《しっせき》されたことも、今となってはいい思い出だ。

母親は真尋を一人前の役者だと認め、あの役を演じることについては何も言わなかったが、父親にはその判断は到底受け入れがたかったらしい。

あの役が両親の不仲を決定的にしたようで、真尋にも色々思うところがある。自分が結果的に家庭を壊したというのも、引退の一因かもしれない。

しかし、そんな身内のいざこざとは裏腹に、野心家で残忍に周囲の人間を操る少年の役は、従来の優等生のイメージをいい意味で鮮やかに裏切ったなどと絶賛された。

あの年、あの役で様々な賞ももらったし、タイアップ商品のCM効果もあって、過剰なまでに『時の人』扱いだった。悪役だったにもかかわらず、ドラマの中での真尋のセリフのいくつかが流行言葉となり、子供から大人までが真似をしていた。

うぬぼれなどを抜きにして、当時、日本で真尋の顔を見知らぬ人間はほとんどいなかったと思う。それぐらいにメディアでの露出は多かった。

でも…、と真尋は思う。

本当に好きな相手とのキスは、この二十二の歳になっても一度もない。

もちろん、濡れ場を複数の相手と演じたことはあっても、それがテレビを通じて全国の視聴者に見られていようとも、実際には誰とも寝た経験はない。

キスやセックスどころか、誰かとつきあった経験、デートをした経験すらない。

週刊誌では、男女を問わず色んな芸能人を喰う、百戦錬磨の魔性の男のように書かれている。

確かに、わずか十三歳で誰に教わったのかとまでいわれた、いかにも経験豊富な濡れ場を披露してみせて、ネットで検索すれば今もそのシーンの動画が簡単に見られるというのに、今さら誰が真尋には交際経験すらないなどと信じるだろう。

だから、たとえ椎名が真尋の浮いた噂を完全に鵜呑《うの》みにしているようでも、アプローチそのものは嬉しかった。どうしてもメディアが作った、そしてすでに真尋を離れてひとり歩きしたイメージを信じてしまわれるのは、仕方がない。

今回の誘いを無視すれば、次はまた十年ぐらいは恋愛とは縁がなさそうな気がする…、と真尋は椎名が連絡先を残していった携帯を無意識のうちに指先で探る。

真尋自身、何か自分を覆《おお》っている膜、殻のようなものを破るきっかけが欲しい。

ここから出してくれる相手…、長く優等生であり続け、魔性とも呼ばれた名子役『橘真尋』の殻を破ってくれる誰かを待っていた。

それが今日、自分から手を差し伸べてきた椎名という青年なのかもしれない…、そんな風に思えたと言っても、時任は納得しないだろう。

そして、あ…、と真尋は顔を上げた。

「広也、僕、明日は午前中来ないよ。下手すると、昼も食い込むかも」

「あれか？　前に言ってた影武者役か？」

時任は画面から顔を上げもせずに尋ねてくる。

「うん、スタジオで声録りね。明日なんだ」

真尋が人知れず行うスタジオの声録りというのは、今、人気の男性ユニットのボーカルが、アニメ映画で初めて声優として挑んだ主人公役の替え玉だった。

事務所がゴリ押しした話題作りか、当初はそのボーカルが声あてを行ったものの、実際には演技が下手でまったくお話にならないと、監督と提携スポンサーが怒り出したらしい。

真尋自身は、歌手として人気があるのに、畑違いの声優としての仕事をやらされたボーカルを気の毒にも思っている。

むろん、それを器用にこなしてしまうスーパースターのような人種も世の中にはいるので、声優役を振ったサイドも簡単に考えていたのかもしれない。

しかし実際には、演技をしたこともない人間が、頭の中で思い浮かべている演技と、実際に自分が行える演技との差違を埋められないのは、やむを得ない。むしろ、歌も演技もと、両方器用にこなせてしまう方がすごい。

絶対に真尋の名前は出さないから、オフレコのピンチヒッターで声をあててもらえないかと、真尋の母親の事務所経由で話があった。

声質は比較的似ている方だが、そのボーカルに合わせて声のトーンはやや落とす。それぐらいは、子供の頃からボイストレーニングを受け、何通りもの声音《こわね》や話し方を使い分けてきた真尋にとっては、苦でもない。

表向きの声優は、その人気ユニットのボーカルのままで、興業広告もそれで盛大に売り出している。真尋の名前は、ＤＶＤ化されても絶対に表には出ない。

それでも、真尋にはひとつの役を演じられるのは嬉しかった。たとえそれが、ピンチヒッターだとしても…。

洋画やアニメでの名前の出ない声あては、実はこれが初めての仕事ではなく、引退してからも数回あった。

知っているのは事務所関係者と収録スタッフ、そして、この時任ぐらいのものだ。

「それってさぁ…、お前がやる意味あるの？　名前も出ないんだろ？」

「出ないけど、役を演じるのはやっぱり楽しいよ」

真尋が本を開きながら言うと、時任はぽんぽんと肩を叩いてくる。

「お前も因果な性分だよな」

「そう？」

真尋はページをめくる。

演技そのものは、今も嫌いではない。だからこそ、今も細々と子供への本の読み聞かせのボランティアや、こんな名前を伏せたピンチヒッターとしての声優などをやっている。

世間一般で評価されることはなくても、誰かが真尋の演技を楽しんでくれると思うと、それだけで嬉しい。

ただ、もう一度、若手俳優として芸能復帰しないのかと尋ねられることはあるが、それは考えていない。小さい劇団での舞台なども、真尋の持った国民的人気スターの過去がある限り無理だろう。他の劇団員に迷惑をかけてしまう。

引退する前は、勝手にひとり歩きしてゆく『橘真尋』の名前が怖かった。子役の優等生、何をやらせても完璧《かんぺき》にこなす芸能一家のサラブレッドなどといわれ、失敗の許されない自分の名前がどんどん重くなっていった。

外に出れば人目を集めすぎて、どんな時にでも他人の目に晒《さら》されるのが辛《つら》かった。

芸能人にはプライベートなどない、叩かれたり、あげつらわれるのも芸能人としての仕事のうちだと、考えている人間は世の中に山ほどいて、表立って言葉にはされないそんな集団心理に恐怖を覚えたことも、一度や二度ではない。

個性派タイプではなく、昔から優等生枠の子役だったので、そのイメージを下手に壊すこともできない。どこへ行っても、誰に対してもいつも笑っていなければならず、不機嫌な言動、思ったままを相手に告げるなどという行為は絶対に禁忌《タブー》だった。

むろん、プライベートな時間もない。勉強や読書は子供の頃から好きだったが、ドラマや映画の収録が重なると、学校に行く時間どころか、寝る時間すらなくなった。

そんな日々が、次第に苦痛になってきていた。

麻薬に溺《おぼ》れるハリウッドの子役などを引き合いに出し、子役は大成しないなどとしたり顔でいう批評家らの声にも、どこかで怯《おび》えていた。

どこまでを子役というのかは知らないけれど、真尋がもう一般人に戻りたいと思ったのが、あの引退した十三の歳だった。

引退した今も依然として人目はあるし、家族も芸能マスメディア界に身を置いている以上、ごくごく普通の大学生としての生活は無理だと知っている。

しかし、それでも引退前に比べればはるかに自由に、波風なく過ごせていると思う。

巨匠と持ち上げられ、日本でマスコミに日夜追いかけまわされる煩わしさを嫌い、一年の半分以上をイギリスで過ごしている真尋の父親のように、いっそ海外にでも行ってしまえば楽なのか。逞《たくま》しい真尋の母は、そんな父の生き方を文化人にありがちな逃避よね、とせせら笑ってしまうが…。

「そういえば、姉さん、今年はグランロッシのバニティバッグが欲しいって言ってた」

高級ブランドの名前を聞き、友人はふんと鼻を鳴らす。

「そんなもの、一介の院生ごときが買えるかよ」

時任の家は有名な製菓メーカーだが、時任自身は大学院に入ってからは、小遣いももらわずに普通にバイトをしている。金銭感覚は、普通の院生らと変わらない。

「だよね、ごめん」

かおるもさぁ…、と時任は三つ上の真尋の姉を、子供の頃のように呼び捨てる。

今、もっとも人気のある女子アナと言われている橘かおるを呼び捨てにするのは、この時任ぐらいのものだ。

「かおるもさ、いい給料もらってるのかもしれないけど、なんでそんな高いだけの役にも立たないバッグ欲しがるよ。物は入らないし、持てるのも今年、よくて来年ぐらいのもんだろ？」

「もらいすぎて、…なのに忙しくて、顔が知れてるから行ける場所も限られてるし、お金を使う場所がないのかもね。あれも一種のストレスなのかな？　本当に欲しいものなんて、自分でもわかってないのかも」

子役からはじまった真尋とは異なり、姉のかおるは芸能界とは無縁なままに大学までは普通にこのM大を出た。

放送局に一般から試験を受けて、女子アナとして入局した。コネ入社などと言われているが、入社試験の際には家族のことは最後までひと言も口に出さなかったという。実力で採用されたのは、かおる本人の意地だろう。

真尋の言葉に、時任はふーんと気のなさそうな返事を返す。

「なぁ、昨日のかおるの口紅の色、派手すぎ。すごくケバく見える」

何だかんだで、連日、姉がキャスターを務めるニュース番組をチェックしているらしき友人に、真尋は苦笑する。

「それは…、『もっと淡い色の方が似合うよ』とか、言い方があると思うけど」

真尋の言葉に時任は少し考え、まぁな…、と頷いた。

「かおる、最近会わないけど、うまくやってる？」

素っ気ない口ぶりでも、定期的に姉の様子を尋ねてくる幼馴染みに真尋は笑った。

「今度さ、遊びにおいでよ。姉さんいる時に。土日の昼間はたいてい、家にいるしさ。広也が来れば、喜ぶんじゃないかな？」

時任はしばらく黙り込んだ後、むっつりとした様子で口を開いた。

「また今度な…」

Ⅲ

椎名は大学近くのレンタルショップで、かつて真尋が一世を風靡《ふうび》した、引退直前のドラマのＤＶＤを見つけた。

普段、邦画やドラマのコーナーに立ち寄らないせいもあって知らなかったが、『ご存じ、このすぐ近くの名門Ｍ大に通う橘真尋のコーナーです！』などと、店員の手作りポップつきでコーナーまで設けられている。

もちろん、ショップも話題作りのため、ある程度のニーズがあるからこそ、いまだにコーナーが作られているのだろう。有名人もここまでいくと災難だなと、真尋に同情したくなる。しかし、それなりに需要はあるらしく、設けられたコーナーの半数は貸し出し中となっている。やはり、学内や駅などで本人を見かけると、昔の作品などを見たくなったりするものなのだろうか。

『橘真尋引退直前の作品。優等生のイメージを一新して、世間をあっと言わせたあの名高いシリーズ』などと煽《あお》り文句のついたパッケージを、椎名は興味半分で手に取ってみる。

淡々とした静かな曲が途中から急激にアップテンポになって視聴者を煽ってゆく中、モノトーンのフラッシュバックを多用したドラマのオープニングは、ロングの構図に途中、真尋の様々な表情が重なり、見る者を一気にサスペンスの世界へと引きずり込んでいった。

いまだに曲が始まれば、たちまちあの時の魅惑的な真尋の種々の表情を思い出す者は多いだろうし、主役は若い刑事役の人気俳優だったにもかかわらず、本当は敵役《かたき》だった真尋が主役だったという人間も多い。それだけ、鮮烈な印象のドラマだった。

「…うわ、脱いでる」

パッケージの裏面をひっくり返した椎名は、思わず呟いてしまう。

巷《ちまた》で父親の藤枝監督を激怒させたともいわれている濡れ場のワンシーンらしい。剝《む》き出しの肩越しに、こちらを乾いた表情で振り返る真尋が写っている。

当時、凄く大人びていたように思えた表情だったが、この間、すぐそばで見た真尋に比べれば、やはり頬《ほお》のラインは丸く、幼い。

でも、当時からこの半端なく魅力的で気怠《けだる》いような表情を持っていたのかと思うと、そら恐ろしい気がする。そして、あんなに間近で見たにもかかわらず、この頃とほとんど変わりない今の真尋の肌の透明感に驚く。

何がびっくりしたって、あのつるんとした肌の綺麗さと色の白さかな…、と椎名はこの間、話したばかりの真尋を思い出す。

最近、モデルの端くれとしてスタジオに出入りし、時に芸能人やモデルといった外見を売り物にする人種を間近で見る機会が増えたが、一番に驚いたのはほとんどの有名人の肌の荒れようだった。

撮影が当たり前のように真夜中、時には朝方までずれ込む業界なので不思議はないが、顔立ちや骨格などはよくても、皆、肌がくすんで荒れていたりする。別にこれまで肌が綺麗だなどと言われたことのなかった椎名ですら、ファンデーションのノリがよくて助かるとメイクスタッフに褒められて意外に思ったぐらいだった。

最近ではメイクと写真の修正技術で多少の肌荒れはフォローできるため、よけいに現実とのギャップに愕然《がくぜん》とするのかもしれない。

そんな中、そこいらの女の子よりもよほどきめ細かな真尋の肌の美しさには、とにかく感心した。顔立ちのよさはもちろんだが、何より肌や目に普通の男共にはない透明感があるのがすごいよな…と思いながら、椎名はパッケージに目を走らせる。

十三歳の橘真尋が十五歳の役を演じ、その大人びた魅力で他出演者をも圧倒した…などと書いてあるが、自分を省みれば十五歳はおろか、二十歳《はたち》を過ぎた今でも、この大人びて鮮烈な表情ができるとはいえない。

モデルとして撮影されている時でさえ、無理。最近、あちらこちらに呼ばれるようになり、単独でのポスター撮り、スチール撮りもいくつかもらってはいるが、もともと本職でないこともあるのか、こんな表情を要求されたことはない。

表情消してだの、気怠そうに…だのと要求されてポーズを取ったことはあるが、ここまで見た者を魅了するほどの表情だったとも思えない。

真尋を一番最初に認識したのは、子供の頃のＣＭか何かだったろうかと、椎名は思い返してみる。

下手な女の子よりも可愛くて清潔感のある子、さらには頭がよくて子供らしい無邪気さも併せ持った、理想的な男の子というイメージで、昔からずいぶんもてはやされていた。

母親の橘まどかはまったくタイプの異なる女優なので、サラブレッドなどと呼ばれることはあっても、親の七光りと言われたのは聞いたことがない。

それとも、自分が知らないだけで、真尋も色々陰で言われたことがあるのだろうか。

国際映画祭の受賞作品を見てない人間は、多いかもしれない。けれども真尋が十歳前後に撮られたドラマでは、両親の離婚に翻弄《ほんろう》されながら、自分の居場所を少しずつ見つけてゆく男の子の役で高視聴率をマークしていたので、この有名な引退直前のドラマ以前も、真尋を知らない人間はいなかったと思う。

この最後のドラマもいまだに人気はあるのか、一、二話目は二本あるが、それ以降は貸し出し中になっている。

まだ他に橘真尋についての情報の得どころがなくて、椎名はしばらく考えた後、その一、二話目と、国際映画祭の受賞作品を手に取り、貸し出しカウンターへと向かった。

椎名はイタリアン、フレンチ、和食などと適当な店をいくつか見つくろって、真尋にメールを送ってみた。

真尋はなんとなく和食を選ぶのではないかと思っていたが、意外にもスペイン料理がいいという返事が来て、かなり新鮮な気分だった。デートでわくわくしたのは、久しぶりだ。

むしろ、今までの中では一番期待度が高い。

椎名自身、中学の頃からデートに誘って断られた経験がほとんどない上、たいていの相手は行動が読めてしまう。そのため、今まではこれと思った相手を誘っても、新しい期待値や目新しさのようなものはなかった。

だから、何もかもが予測もつかない真尋には新鮮さを覚えたのは確かだ。いまだに真尋がシンプルなガラケーを使っていたのにも、驚いた。扱いがいいのか、目立った傷はなかったが、ガラケーの中でもそう新しい機種ではないと思う。何か特別な思い入れでもあるのか、他の芸能人と今も交流があるのなら、不便はないのかと少し首をひねりたくなる。

真尋は引退したとはいえ、とんでもないレベルの有名人だ。最近、モデルのバイトで、ファッション雑誌などでの多少の露出のある椎名よりも、世の中ではやはり真尋の顔を知る人間の方が圧倒的に多い。

なので、デートという点を差し引いても、真尋のように芸能界の頂点にいたような多才な人間と一緒に食事をすること自体が、珍しい話を聞けそうで楽しみだった。

そういった意味では逆に、いまだに有名人との噂の絶えない真尋にとって、椎名のような素人に毛が生えた程度の学生モデルなどを相手にして、面白いのだろうかとも思わないでもない。

待ち合わせは本屋でと言い出したのは、真尋の方だった。

混んだ雑誌コーナーなどではなく、比較的空いた建築関係のコーナーを指定されたので、人目を避ける待ち合わせに馴れているのだとわかる。

ついでに映画なんかも観ます？…、と尋ねてみると、あっさり応諾が返る。これは意外にも真尋の方から、作品を指定してきた。

単館上映ほどマニアックではなく、普通にシネコンでもやっている映画だ。ただ、一日の上映回数は多くないので、あまり日本での収益率が高いとは目されてないのか。

まだ過去に二作しか監督作品のない――しかもそれが二本ともＳＦものという監督が作った近未来スリラーのために、マイナー扱いなのだろう。だが、椎名自身はその監督の作った過去の二本の映画のファンだった。

わかりやすいハリウッド大作にしか興味のない人間には辛いかもしれないが、多分、そこそこＳＦやスリラー作品に興味のある男だったら、十分に楽しめるチョイスだ。

今度の作品も、もちろん椎名は見に行くと決めていた。前の二作はＤＶＤでしか観ていないので、今度は必ず映画館で見たいと思っていた。

ただ、女の子はかなりの確率で興味がないだろうから、これは誰かＳＦ好きの男を誘って行くつもりだった。

真尋が観たいと言った理由はわからないが、観たあとでコメントに困るほどに趣味性の高いものでもなく、椎名も楽しめるようにと意図して真尋が選んでくれたのだったら、やはり噂通りに頭がいい。

もともと期待値の高いデートに、さらに楽しみにしていた映画への期待も合わさって、当日、椎名は普段よりも少し服装や髪型に気を遣って待ち合わせ場所へと向かった。

その日、書店の建築コーナーに、真尋はすでに来ていた。

遠目に見ても、襟《えり》ぐりのあいた涼しげな淡いグレーのサマーニットが、しなやかな身体のラインに沿っていてよく似合う。

フレームレスの眼鏡をかけているのが、ずいぶん知的でしゃれた印象だった。

ざっくりした麻混のニットの素材のせいなのだろうが、見た目は聡明そうなのに、やや線の細い鎖骨や肩、肩胛骨《けんこうこつ》のラインが、ニット越しにかすかに浮いて見えるのが、なんとも色っぽい。

あ、いい感じ…、と見た瞬間、椎名は思った。

この間、レンタルで借りて観たドラマの中の真尋の身体のラインは、少年期特有のまだ柔らかく未成熟な印象を持つ美しさがあった。

椎名が子供だった昔はとにかく、今見てみれば当時の真尋が十三歳というだけに、十五歳の設定としてはさすがに少し線が細い。でも、無理があるというほどの違和感は覚えなかった。

逆に真尋自身が犯人役で、しかも、あれだけ複数の年上の女優との絡みがあったにもかかわらず、薄汚れた印象にはなっていないことに驚き、新鮮に思った。怖いぐらいの残忍さ、酷薄な印象と共に、ある種の無垢な潔癖さを、表情や身体つき、演技などに内包しているせいなのか。

今、あの年頃の子役で、あれほどうまく真尋の演じた役をこなすことのできる人間がいるかどうか…。

むしろ、二十歳ぐらいの俳優やアイドルまでに枠を広げてみても、思いつかない。

この少年役には真尋をイメージした、と脚本家が名指しで脚本を書いたというだけに、まさに真尋以外の人間には不可能だろうなというキャスティングだった。

もっとも、これは椎名の個人的な感想だ。

もっと率直に、細くて綺麗、華奢《きゃしゃ》なのにエロくさい、あれなら男でも抱ける…などという下世話でダイレクトな感想は、ネットで検索をかけた時に山ほど見かけた。

椎名自身、バイトとはいえ、最近はモデルとして自分の容姿をあだこうだと見ず知らずの他人に評価されることが多いため、よけいにそれらの赤裸々な感想は意識に残ったのかもしれない。

だが、ドラマからおよそ十年近く経った今、真尋はあの頃の少年らしいすらりとした体型から、しなやかな青年体型へと変化を遂げたことはわかる。

椎名のような、高校時代まで水泳をやっていたため、胸と肩まわりに厚みのある逆三角形に絞った体型とはまったく異なる。もっと薄くすんなりとした自然な体型だったが、絵になる身体つきであることは間違いない。

相手が真尋なら男でも抱けるなどと無責任に書き散らしたネット上の誰かではないが、確かにこれなら抱けるなどと思ったのも、本当だった。

女の子の丸い胸、柔らかい肌とは異なるが、思わず触りたくなるか、そうでないかという感覚は今後の士気にも大きく影響する。どうせ口説くなら、男でもその気になれる相手がいい。むしろ、そういう相手でないと無理だ。

声をかけようと思ったところに、短く着信音がする。

画面を見てみると、山戸田《やまとだ》という女の子だった。

山戸田とは、真尋の少し前になんとなくいい仲になっていた。もちろん、長谷《はせ》とは別だ。四月に選択授業が一緒になり、向こうからかなり積極的にアプローチされたこともあって、飲みの後にお持ち帰りしたこともある。関係したのは、二度ぐらいだったろうか。

ちょこちょこメールやメッセージは来るが、気分で会ったり会わなかったりだ。本命のように思われるのも面倒だと思っていた。

――今週とか会える？

今日もむしょうに面倒に思え、椎名は『今、バイト中だから』とだけメールを送り、あとはマナーモードにしてしまう。

そして、分厚い本を開いていた真尋のすぐかたわらまで行き、声をかけた。

「橘先輩」

ちらりと見えた本は、海外の建築物を集めた写真集のようだ。

「待たせてすみません」

「いや、本が見たくて先に来てたんだ。椎名君は時間通りだよ」

真尋は腕の時計にまったく目を落とすこともなく、にっこり笑ってみせると、本を棚に戻した。

確かにその手には、すでに精算をすませた数冊の本が入った書店の袋がある。

待ち合わせの相手が多少遅れようが、こう言って相手を責めずにすませるのかなと、感心したのは確かだった。

「けっこう、本は読む方なんですか？」

お世辞にも読書好きとはいえない椎名は、真尋が手にした袋を眺める。

「うん、昔からあまりジャンル問わずに好きかな。趣味が読書って答える人間は、無趣味とイコールだっていう人もいるけどね」

うちの母親だけど…、と真尋は椎名を店の外へと促しながら言う。

容赦ない言葉は、どうもあの押しも押されぬ大女優の橘まどかの発言らしいので、おいそれと否定もできない。

「今日のその眼鏡、初めて見ました。似合いますね」

「ありがとう。眼鏡はいくつか持ってて」

「視力悪いんですか?」

有名人なので、てっきり顔の印象を変える、あるいは変装のための伊達《だて》眼鏡なのかと思っていた椎名は、意外に思って尋ねる。

椎名自身、サングラスなどを含め、いくつか度の入っていない眼鏡はファッション用として持っていた。

「うん、どんどん下がってきちゃった」

連絡通路でつながる映画館に向かって歩きながら、真尋は肩をすくめる。

この間もちらりと思ったが、考えていた以上に真尋には構えたところもなく、話しやすい。二歳ほど上のはずだが、あまり先輩風を吹かさないのもいい。思っていたほど我も強くないし、プライドが高くて居丈高なところもない。

「橘先輩指定のこの映画、俺も観たかったんですよ」

肩を並べると、真尋はグラス越しに椎名を見上げ、ちらっと笑ってみせる。

身長は真尋の方が、七、八センチほど低いだろうか。それでも女子と比べればずいぶん目の位置は上にある。

しかし、そうして笑うだけでもそこいらの女の子などよりはずいぶん魅力的な表情だ。何というか、これまで自分が知った女の子達のどの表情とも違う。

自分の魅力は十分に承知しているのだろうが、計算があるようでない。むろん、椎名からアプローチしているので自分の優位は知っているのだろうが…、それともこんな表情すら計算なのか。

椎名は俄然《がぜん》テンションが上がった。

「そうだったの？　ＳＦ興味なかったら、悪いなって思ってたんだけど」

「あー、興味ない人間は、本当にダメですもんね」

チケット受け取りの際、何気なく真尋は言った。

「僕、本当はこれひとりで来ようかって思ってたんだよね」

意外な言葉に、椎名は驚いて真尋を見る。

「そうなんですか？　橘先輩、ひとりで映画来れる人なんだ」

「ひとりで？　行くよ」

真尋は何でもないことのように頷く。

「時任誘うこともあるけど、時任は基本的にあまり映画館で映画観るの自体が好きじゃないからね。外した時に二時間無駄にしたかと思うと、腹が立つんだって」

「…時任さんって、けっこう個性的な人ですね。俺、映画館が嫌いっていう人間、初めて聞いた」

椎名は冷めた雰囲気を持つ時任を思い出す。真尋とつきあっているのではないかという話もまかり通っている男だが、この真尋の話程度では真偽はわからない。

劇場内には、オーソドックスにコーヒーを買って入った。真尋が選んだのは、アイスラテだった。

この間観たドラマのせいか、ブラックを顔色ひとつ変えずに頼みそうなのに…、とまた少し意外性を覚える。

あのドラマの前はとても繊細な少年役、優等生役が多かったことを考えると別に意外でもないし、与えられた脚本上の役と真尋本人が異なっているのは当たり前なのだが、ほんのわずかずつ、いい意味で期待が裏切られてゆく。

どうせ口説くなら、椎名も楽しいほうがいい。

「…何？」

意外だなと思ったのを見透かしたのか、劇場内に足を踏み入れる直前、近い距離で真尋は椎名の目を覗き込んできた。

「ブラックを頼むのかなって、なんとなく…」

「コーヒーはブラックじゃ飲めないんだ。あとで胃が重くなるから、少し苦手」

外よりもやや照明の落ちた劇場通路を指定シートに進む間、真尋の声が気さくに答える。

若い男の声だが、柔らかくて耳に心地いいトーンだ。ごく平均的なように聞こえて、それでいて印象に残る。

よほど渋い声や美声などといわれるものでない限り、これまで男の声に気を取られたこともないが、真尋の声は何か独特だなとその背を追いながら椎名は思った。

ただ、何が他の男と違うのかといわれると、よくわからない。

はじまった映画そのものは期待をまったく裏切らない面白さで、オープニングから一気にその世界観に引き込まれた。

映画の余韻にひたりながらエンディングテロップを最後まで眺め、曲の途中で立ち上がることなくつきあってくれた真尋には、かなり好感を持つ。

映画を一緒に観に来る相手としては、理想的だった。ここでさっさと席を立たれては、心底興ざめだ。特にこんなに気に入った映画だと、席を立たれても放っておく。

「面白かった?」

「ええ、すごく!」

尋ねられ、答える時も満足感でいっぱいになりながら頷く。

「いくつかわからないところはあったんですけど、でも面白かった! 本当に映画館で観れてよかったな」

スペイン料理の店の予約時間には少し早かったが、多少は大丈夫だろうとそのまま二人で店へと向かう。

「俺、あの監督の世界観とか、ちょっと引いたような淡々とした未来の描写とか好きなんですよね」

個室ではないが、店の奥まった人目につきにくい席を頼んでおいた椎名は、オーダーをすませるやいなや、今観たばかりの映画への興奮もあって、尋ねられもしていないのに自分から話し出す。

「時々派手なアクションもあるのに世界観は深くて、しかも、それを登場人物のセリフで説明するわけじゃなくって、俳優の表情や行動で説明するところとか、観た人間に結論を委《ゆだ》ねてるような感覚とか…」

「ああ、わかる。僕もこの監督好きで、DVD二枚とも持ってる」

運ばれてきたビールグラスを手に頷く真尋と、ごく自然に乾杯とグラスを合わせる。

さっきも思ったが、真尋は予想よりもはるかに気取りのない、話しやすい相手だった。

誰が相手でも等しく距離を置く…と聞いていたような印象は受けない。

「あ、本当に？　俺も買おうかな。今度、バイト料出たら」

「モデルさん…なんだよね？」

椎名の名前は、それなりに真尋の耳にも入っていたらしい。尋ねられ、椎名は真尋が自分を知っていてくれたことに、そこそこ満足して頷く。やはり見た目は売りだし、相応の自負もあるのでまったく知らないと言われるのは愉快ではない。

ただ、真尋に限っては、知らないと言われても不思議はないとは思っていた。

「バイトですけど。本業にはできないんで、今は就職活動もやってます」

運ばれてきた小皿料理をつまみながら言うと、真尋はへぇ…、と目を見張る。

「就職するつもりなんだ？」

「本業にはできないですよ。女性トップモデルっていうならとにかく、男のモデルはそれで一生生計立てられるほど実入りはないですし。見場のいい男なら、ハーフモデルや外人モデルで俺なんかよりもっと顔もスタイルもいいのがうようよいますから。俺にモデルから転身して俳優業とかタレント業こなすような才能があるっていうなら別ですけど、そんな根性はないんで普通に企業に就職したいですね」

同性で、しかも雰囲気的に聞き上手な年上の真尋が相手のせいか、普段、あまり女の子やサークルの先輩、同期などにも話してない本音がつるりと口をついて出る。

「そうなの？」

「スイミングスクールのコーチのバイトやってる時に、そこの先輩で今の事務所でモデルバイトやってる人がいて、単発モデルで紹介してやろうかって声かけられて、今のバイトはじめたんですけど」

「ああ、椎名君、水泳やってたから、スタイルいいんだ」

軽く持ち上げられると、悪い気はしない。

「スイミングのコーチに比べたら、拘束時間が少ないわりにバイト料がいいのはありがたいから、今はもっぱらこっちですけど…」

サラダを取り分けながら、椎名は口ごもる。

「でも、自分で考えてるよりも露出が過ぎてきて、ちょっと疲れますね」

「疲れる？」

「知らない人間が俺のこと知ってるのはありがたいけど、知らないくせに俺のこと知ったふうに言われるのとか…」

言いかけて椎名は笑う。

「…って言っても、俺自身、そんなに深い人間じゃないですけど」

知らない人間が自分を知ったふうに言うというのには思いあたるところがあるのか、真尋はただ笑って頷く。

「…やば、橘先輩、すごい話しやすいから、俺、普段は考えてないようなことまで色々喋《しゃべ》ってる」

「そうなの？」

精神的な距離が詰まっていることを意図的にアピールすると、真尋はグラスを手に目を細めた。

うまい具合にはぐらかされているような気がするが、椎名はその時、無駄な肉のない真尋のほどよく締まった腕に目を取られていた。

ふとした瞬間にどこか色っぽいような身体のラインがふっと窺《うかが》えるが、露出は少ないし、これ見よがしな印象はまったくない。

でも、一瞬、一瞬の仕種《しぐさ》に魅《み》せられる。

こういうのって悪くないよな…、と椎名は目を細めた。

思っていた以上に楽しい食事を終え、店を変えるかと尋ねると、明日の朝一番の予習があるから帰らなきゃ、と真尋は言った。

本当か嘘《うそ》かは知らないが、断られても別に悪い気はしないのは、映画が楽しかったことに加えて、会話が思った以上に弾んだせいだろう。

「橘先輩」

店を出て呼びかけると、ふいと真尋は視線を上げた。

「…それ、いつまでその『橘先輩』っていう呼び方で呼ぶの?」

「え?」

真尋の意図する意味がわからず、椎名はけっこう素の顔で青年を見返してしまう。

「僕、あまり後輩と一緒に動くことってないから、ずっと先輩、先輩って呼ばれると落ち着かないんだ。ずっと先輩と後輩の関係でいいなら、学校で会うだけでもいいのかなって」

真尋は薄く笑う。

まるでこの先を牽制されているようだと思いかけ、椎名は数秒の間に素早く頭を巡らす。逆説的な言いまわしだが、これは関係を進めたいならもっと親しく呼びかけていいという意味だろうか。

「…真尋さんって呼んでもいいんですか？」

「いきなり、下の名前呼ぶの？」

「図々《ずうずう》しい？」

厚かましいのは承知であえて強引に笑顔を作ってみせると、真尋は少し責めるような目を見せて笑いながら肩をすくめる。

「いいよ、別に」

真尋の動きに伴い、綺麗に鎖骨が上下するのに、また椎名は目を取られた。

「知らない人に、フルネームで呼び捨てにされることもよくあるし。僕の場合は、芸名が本名だったのがまずいんだけど」

「あ、それ、俺もありますよ」

椎名は軽薄だが親しみやすい笑みを浮かべる。

「最初はそんなモデルのバイトしたぐらいで、知らない人間に呼び捨てにされるなんて思わなかったから、普通に本名登録してて。事務所の人がカタカナ表記にしといたよっていうから、ハイハイって簡単に答えちゃったし」

明るい駅構内に足を踏み入れる前に、陰になる壁際に寄り、椎名は尋ねた。

「また、次誘ってもいいですか？」

「連絡くれる？」

真尋は別に悪くは思っていないようで、ふっとレンズ越しに蠱惑《こわく》的な視線を流してきた。

意図してか、してないのかはわからないが、女の子の思わせぶりな目つきとはまったく種類が違って、涼しげなのに一瞬にして目を奪われる。

「特に都合の悪い日とかって、あります？」

目つきひとつで、ずいぶん色っぽい雰囲気も作るもんだと見とれながら、椎名は聞いた。

真尋は視線を巡らせ、少し考える様子を見せる。

手応えのある相手との、こんな駆け引きっぽい雰囲気は好きだ。絶対に落としてみせるとの征服欲も湧《わ》いてくる。

「水曜日以外なら、多分、大丈夫」

「水曜日って、何か予定でもあるんですか？」

「うん、水曜日の午後には行かなきゃならないところがあって」

「へぇ、妬《や》けるな」

誰だか知らないが、毎週会うような相手がいるのは面白くないななどと思いながら、椎名はにっこり笑って軽口を叩く。

「妬くようなことは、何もないよ」

そんなことは言われ慣れているのか、真尋はただやさしい形に目を細める。こんな風に微笑まれて、なおも食い下がれる人間がいればそのほうが不思議だ。

うまい躱《かわ》し方だなと思ったものの、とても悪くは思えなかった。

それどころか、数日中に次の誘いをくり出しそうな自分がいる。

最初に思っていたよりもはるかに、そして百戦錬磨の名に違《たが》わず、物の見事に次も会いたいという気にさせる。

これなら大友への詫びの約束も、考えていたよりもはるかに楽しく果たせそうだと、椎名は気に入った相手を落とす時の定石通り、改札の前まで真尋を送った。

二章

I

二度目のデートには美術館に行ってみないかと提案したのは、椎名だった。

駅などで待ち合わせると目立つので、今回も待ち合わせたのは美術館前のバス停だった。

そういう真尋の選択は、頭のよさを覗《うかが》わせていい。

たまに女の子と待ち合わせなどした時、あえて人の多い改札前だの、有名な待ち合わせスポットを選ぶ相手がいる。

まったく考えなしに待ち合わせ場所を選んでいるならとにかく、椎名と一緒にいることを周囲に見せびらかしたい思惑が見える相手の場合は、そんな身勝手さに気分も萎《な》える。

その日の真尋はいかにも真面目そうなブラウンのウェリントン眼鏡をかけて、待ち合わせ場所に現れた。初夏を意識してか、淡いブルーと白のストライプのコットンシャツにデニムと、全体的に爽《さわ》やかだがトラッドな装いだった。

すらっとして顔の小さいのが、やや人目を引く。

でも、前髪をいつもより多めに下ろしてあって、ぱっと見たところ、真面目な学生といった雰囲気なので、すぐには橘真尋だと気づく人間はいなさそうだった。

バス停のベンチに座っていた椎名は手を振って立ち上がり、長身をかがめるようにして近寄ってきた真尋の顔を覗き込む。

「眼鏡、似合いますね」

「本当に？　嬉しいな」

どこまで本気なのかはわからなかったが、真尋は柔らかく目を細めてみせる。社交辞令程度なのかもしれないが、こういう笑い方をする真尋はいい。

どこまでも涼しげで思慮深そうなその横顔に、椎名は不覚にも少し見惚《みと》れた。下手な女の子よりもアクのない知的な雰囲気が、個人的には好みだ。

「ここの美術館、知らなかったな」

植え込み越し、真尋は興味深そうに美術館の建物を見る。

椎名自身はあまり興味も理解もないが、誰だったか有名なフランスの近代建築士の設計らしい。この間も建築関係の本を見ていたが、こういった関係が好きなのだろうか。

「このまわり、美術館だの、博物館だのがいくつもありますもんね。ここは、この間、撮影で使わせてもらったんです。中庭に四角いオリエンタルな池があってね、えっと…、見てもらった方が早いんですけど、窓も広くて雰囲気悪くないなって思って」

椎名は真尋の肩を、さりげない仕種で押して促す。ちょっと触れてみた感触は硬質だが、考えていた以上の清潔感があった。

椎名の胸の内で、何かがざわりと波立つ。

「何より、常設展が空《す》いてていいんです。美術館側にはどうかと思うけど、絵がゆっくり見れるでしょ？　チケット、もう買っちゃったんですけど、いいですか？」

椎名は取り出した二枚のチケットをかざす。

「うん、ＨＰでチェックした感じ、好きな系統の絵が多いなって思って楽しみにしてた」

真尋は頷き、ゆっくりとした足取りで特徴のある四角い美術館の入り口へと向かう。

中庭に面した美術館内のカフェレストランは、噂には聞いていたが、空いている上に美味《おい》しくて穴場だった。二人して、グラスワインと共にゆっくりとランチのコースを食べたが、楽しかった。

真尋がカトラリーを使う仕種は本当に優雅だ。元芸能人であるという以前に、育ちのよさが見てとれる。椎名自身は普段はよほど相手の行儀が悪くない限り、人の食べ方など意識したことがなかったが、真尋の動きが洗練されていて上品なのはさすがにわかった。

聞けば、監督である父親の藤枝真之がかなり礼儀作法には厳しかったらしい。

話の途中で、藤枝が時任家に連なる、相当な名家の出自だと知れる。

あまり公表されていないために椎名は知らなかったが、夏には避暑のために別邸に行く…などということが、当たり前のようにある家だったらしい。

別に真尋の話はまったく自慢話などではなかったが、小さい頃の話を聞いていれば、半端なく家柄がいいのはわかる。むろん、M大の内部進学組な時点で、ある程度のセレブ枠なのだろうなとは思っていたが、椎名の想像以上のお坊ちゃんだった。

芸能界には色んな人間が集まることは知っている。親がいくつもの病院を経営しているような家の子供から、両親に虐待されて育ったような人間まで、本当にピンキリだった。

真尋の母親の橘まどかも、映画会社の重役の娘だというのはどこかで聞いたことがあるので、そういう意味では、真尋自身、あまり自覚のないサラブレッドだろう。それとも頭がいいだけに、ちゃんとそれもわかっているのか。

落ち着いた雰囲気の中でゆっくりと食事を終えた後、二人して展示室に向かう。

六月も半ばを過ぎた平日の昼間だからか、広い美術館の中の人影はまばらだった。

真尋といるせいか、それとも空いた美術館内の特有の雰囲気なのか、同じ場所なのにこの前の雑誌の撮影のがやがやとした商業的な空気感とは違った。

淡い色遣いの絵、小さな絵なども、一点ずつ落ち着いてじっくり見られる。

そして、そのよさがしみじみ感じられるような気がした。

椎名には絵心も積極的な芸術への理解もほとんどないが、あまり難解な絵がないせいだろう。少しはこの雰囲気を楽しめるようにも思う。

何も声をかけずとも、真尋はつかず離れずといった距離で展示された絵を眺めている。黙って隣の部屋で待っていてくれたり、逆に椎名の方が待ってみたりする。

時々は二人して同じ絵を眺め、感想やその時感じた疑問を口にしてみる。答えは出ても出てこなくてもよかったし、こんなテイストの絵やこんな構図が好きなのかと純粋に感心することもある。

むしろ、絵を通して真尋の人間性を謎解きしているような気分だった。

落ち着いていてデート向きの場所ではないかと誘ったのは椎名の方だが、普段、あまり西洋画などには興味のない分、そして、つきあう女の子の内面にもここまで興味がない分、この謎解きは新鮮だ。

のんびりと絵を眺めている途中、休憩がてら、池に面して広い展示室内の椅子に二人並んで腰を下ろす。

椎名は真尋が椅子の上に置いたキャンバスバッグから絵本が覗くのに、ふと目を留めた。

「絵本…ですか？」

意外なものを持ち歩いているなと、尋ねてみる。

「ああ、これ…」

真尋は二冊ほど入っていた絵本を取り出してくれる。

「こういうの好きなんですか？　癒されるとか？」

たまに文学趣味な女の子が絵本を読むのが好きだというような話は聞くが、真尋もそういうタイプなのだろうかと、椎名は真尋の出した本を手に取った。

ひと目でぱっとわかるタイプの幼児向けの絵本ではなく、どちらかというと小学校の中、高学年向けの童話集らしい。絵本好きというには微妙なチョイスで、一瞬、表紙を見てもとっさに何の感想も出てこない。

癒されるというのが、せいぜいだ。

「椎名君、何曜日生まれ？」

逆に真尋が尋ねてきた。

「俺？　何曜日かなぁ？　曜日まではちょっと…、誕生日は十月九日なんですけど。…占いですか？」

「占いっていうか…、マザーグースだね」

「マザーグース？　ああ、この絵本」

椎名は手にした本をぱらぱらとめくる。童話集かと思ったが、マザーグースなのかと思うとさらに感想を述べづらい。イギリスの昔からのわらべ歌、謎かけ歌のようなもので、小説や映画の題材とされることも多いとは聞くが、知識はほとんどない。

「マザーグースで、『月曜日生まれの子供』っていう歌を知らない？」

「あー、なんか聞いたことあります。中学の時に授業でやったのかな？　なんとなく、うっすら記憶に残ってるような…」

言いながら、椎名はスマートフォンを取りだし、スケジュールのアプリを年間単位で繰《く》った。

「俺は…、ああ、日曜日生まれですね」

「じゃあ、可愛くて明るくて、気立てのいい子供だね」

「そうなんですか？」

うん、と真尋は頷く。

なんというか、最初に思っていた百戦錬磨の美形という印象よりも、どこかおっとりしていて捉《とら》えどころがない人だなと椎名は思った。

真尋が引退前に演じたサイコ少年のように、綺麗な優等生タイプの猫を被《かぶ》った肉食系なのかと勝手に想像していたが、少し違う。それとも手練《てだ》れすぎて、椎名など足許にも及ばないほどの計算高くて頭のいい人間なのだろうか。

だとしたら面白いのにと、椎名は勝手な期待にほくそ笑む。

それぐらい、あの時のドラマの役はセンセーショナルだった。

たかだか二つ、三つ上な程度なのに、芸能人ってどれだけ女と遊んでるんだと、当時の同級生らの間でも話題だった。

確か、ＰＴＡの口うるさいオバサン達の間では、一番子供に見せたくないドラマなどという、どうでもいいような意見も上がっていたはずだ。

多分、橘真尋といえば、いまだにあの役の鮮烈な印象を持っている人間は多いのではないだろうか。いい人っぽい優等生だけど、反面、ちょっと怖いようなところのある…、そんなイメージだ。

「中学の時にやったなら、歌の内容は覚えてない？」

涼しげなライトブルーのデニムを身につけたほっそりと長い脚を組み、真尋は尋ねる。

「あー…、そんなのだったかなってぐらいで…、すみません」

「いえいえ」

真尋は笑うと、椎名の手にしていた絵本をそっと閉じてしまう。

「真尋さんは？」

絵本をバッグにしまいかける真尋に尋ねると、真尋は何？…と、柔らかく微笑んだ。

「真尋さんは、何曜日生まれ？」

「僕？　水曜日だよ」

「あ、さらっと出てくるんだ。俺が真尋さんのも調べようと思ったのに」

何だ、と画面を閉じる椎名に、真尋は申し訳なさそうな顔を作ってみせる。

「うん、歌知ってから僕も調べたからね」

「で、水曜日生まれはどんな子供なんですか？」

「嘘つき」

真尋は何でもないことのように、さらりと言った。

「…え？」

「うん、嘘つきな子供なんだって」

「そうなんだ、…意外」

真尋は眼鏡の陰で、悪戯《いたずら》っぽい目つきとなった。

「嘘なんか、つかなそうに見える？」

「嘘なんかっていうか…、まぁ、やさしいし親切だし、真尋さんが嘘つく必要なんて、どこにもなさそうに見えますけど。…っていうか、真尋さんが嘘ついたら、俺、ショックですよ」

多少、大げさに持ち上げてみても、真尋は綺麗な顔にいつもの涼しい笑顔を浮かべただけだった。

「そう？　買いかぶりすぎだよ」

「水曜日生まれの子供が嘘つきって、じゃあ、マザーグースって全然あたってないね」

真尋はわずかに目を細め、どこか謎めいた微笑みを見せた。その表情に、椎名は今度はかなり満足してつくづく見入った。

男のくせに綺麗な相手であることはわかっているが、本当に魅力的で繊細な表情をいくつも持っている。

わずかに視線を動かすだけ、目許をやわらげるだけ、そして顔そのものを仰向《あおむ》けたり、うつむけたりするだけで、普通の人間では到底考えられないほどに細やかに表情を変えてみせる。

それに言葉の運びや声のトーン、呼吸のタイミング、ちょっとした吐息や仕種などが加わってくると、ありとあらゆる瞬間に関心をさらわれる。

普通に女の子相手なら、この瞬間に可愛いとか綺麗だとか言えば、たいていの相手は間違いなく落ちる。でも、真尋相手にはそんな安っぽい言葉がとっさに出てこない。出てこなくて、逆に椎名の方が言葉を失ってしまう始末だ。

色々と格の違いを見せつけられる。

ドラマや映画などで主役を張り、一時間も二時間も人の関心を惹《ひ》きつけるばかりでなく、自分の世界に引きずり込むレベルの役者というのは、こういうことかと今さらのように溜息が出る。

「…すげーな」

「何が？」

「いや、本当に有名子役だけあったっていうか…、そこら辺の人間じゃ真似できないぐらいの表情を何十、何百って持ってるんだなって…」

真尋は苦笑すると、うつむいて手の甲で頬をこする。

「別に中身は全然そんなことないんだけどね…、表情作ることばっかり覚えちゃったのかもしれないね」

「いや、すっごい綺麗…」

椎名は視線の端で部屋に誰もいないのを確認すると、椅子の上に置かれた真尋の手を取った。

何事かと顔を上げた真尋の頰に、身をかがめて口づける。

真尋は一瞬、弾《はじ》かれたように身を離し、驚いたような顔を見せた。

「嫌だった?」

真尋は咎《とが》めるような目を向けてくる。でも、その目つきにわずかに笑みがあることに、椎名は気づいた。

「こんな場所で、大胆だよね」

少しの困惑と、はにかみの入り混じった声。ほんのりかすかに色づく耳たぶ、伏せた目の長い睫毛《まつげ》に思わず見入ってしまう。

椎名は指を伸ばすと、真尋の細い顎《あご》を上向け、キスをした。

ごく軽い、あっという間のキスだった。

再度、唇を重ねる間もなく、真尋の腕が椎名の胸許を軽く押し、ほとんど重なりかけていた身体に距離を置かれる。

そんな仕種に、いかにもさらりと躱すことに慣れた印象を受けた。

「美術館はキスをする場所じゃないよ」

真尋は立ち上がると、小さく謎めいた笑みを浮かべた。

あ…、と思う間もなく、真尋はさっさと隣の展示室へ向かってしまう。

思わずつり込まれるようにしたキスをさらりと躱され、慌てたのは椎名の方だった。

真尋の背中を追う間も、本当に一瞬の柔らかく唇同士が触れあった感触が、唇に残っている気がする。

「真尋さん」

後ろから呼びかけてみても、真尋は振り返らない。そこそこ身長のある分、それなりに足は速くて、女の子のように簡単に追いつくこともできない。

そんなすげない真尋の態度に、椎名は軽率だと振られるのではないかと焦った。

軽さを責められるぐらいならいいが、真尋クラスでは一足飛びに相手にされなくなるところまでいくのではないかと不安に襲われる。

「真尋さん⁉」

広い無人の展示室で、背後からほっそりした腕を捉えてはじめて、真尋は足を止めてくれた。

振り返った真尋は無表情なまま、椎名の胸許に視線を落とす。そして、次に顎をゆっくりと持ち上げる間に、驚くほど柔らかく表情を切り替えた。

ほんのり微笑まれ、慌てて追いかけてきた椎名は今さらのように口ごもり、うっすら赤面する。

「驚いた、びっくりするじゃない」

「…すみません」

捉えた方とは逆の手が伸びてきて、サマーニットを身につけた椎名を押しとどめるためか、軽く胸許に手を突かれる。

そうされてはじめて、自分の鼓動がいつになく早いことに気づいた。

頬を赤らめていることも含め、何を今さらキスぐらいで…、と動揺している自分に焦る。

「少しルール違反だと思うよ。いくら人が少ないっていっても、椎名君、モデルさんなんでしょ？　誰に見られるかわからないじゃない」

淡々とした真尋の声に、焦った自分を完全に見透かされている気がする。

それでも一瞬、本気で怒らせたのかと焦ったのは確かだった。

「…軽率でした、俺」

真尋の腕を捉えたまま、椎名は低く詫びる。

ついつい真尋の表情に見とれ、つり込まれるように唇を重ねていた。本気で男にキスすることなど、ついさっきまで考えてもいなかったのに…。

「でも、キスしたことは後悔してないから」

それだけは告げておかないと、目の前の男の数多い交際相手の中に埋もれてしまうような気がした。

それとも、ふらふら魅せられるように口づけた時点で、すでに埋もれてしまっているのだろうかと椎名は眉を寄せた。

そこまで思った時点で、ふいに大友との賭けが頭をよぎった。とっさに、あの賭けがずいぶん嫌らしくて趣味の悪い、薄汚いものに思ってしまう。真尋に声をかけたのは、確かにあの賭けが理由だったが…、と椎名はそれを強引に頭の隅に追いやってしまう。

今は自分が手を染めた賭けのことは思い出したくもなかった。大友のことも、サークルのことも、とにかくすべてに蓋をしてしまいたい。

それよりも目の前の真尋の存在が、椎名の思考のほとんどを占めてしまっている。

「…そう？　でも、場所は選んでほしい」

真尋はどうとも判じがたい曖昧な表情のまま、乾いた声で言った。

美術館での短いキスなど、まるで何とも思っていないような声で…。

II

さっき、椎名につかまれた腕の感触が、まだ腕に残っている…、と真尋は美術館を出ながら思った。

かすかに触れあった唇の感覚は、なおのこと忘れられない。

真尋は椎名が開いてくれたガラス戸を通って美術館を出ると、ひんやりした空調の中から、湿って重い梅雨《つゆ》時期独特の外気に包まれた。

「…真尋さん、そこのフリマ、ちょっと覗いてみませんか?」

美術館の奥の公園で行われている創作フリーマーケットの会場を指さし、尋ねかけてくる椎名の声が、どこか緊張しているように思える。

「いいよ」

さっきの不意打ちのキスのせいで、まだ椎名との間にはよそよそしい空気がある。

だが、このまま別れる気にはなれなず、真尋は頷いた。

特に目的もないままに、公園にテントを張って出されたマーケットを二人でぶらぶらと眺めて歩く。

「真尋さん、喉渇かない?」

午後からは少し汗ばむような陽気となったせいか、少し暑いなと思った頃、椎名が生搾《なましぼ》りのフルーツジュースを出す店を指さした。

真尋は頷く。

「喉渇いてるかも、あと、フラッペも美味しそうだね」

どこかのカフェからの出店なのか、店先には手づくりクッキーなど共に氷削機《ひょうさくき》も並んでいる。

「グレープフルーツのジュースがいいかな」

「じゃあ、俺はフラッペ頼みますよ。何がいい？」

何がいいかということは、分けあうことを前提で話をされているのだろうかと思いながら、真尋は素直にいいなと思った黒糖とラム酒がけのフラッペを挙げる。

それにココナッツアイスのトッピングを選んだのは、椎名だった。

「黒糖にラムって、合うね」

ひと口食べた椎名が、嬉しそうに笑った。それがさっきまでの微妙な雰囲気を中和して、真尋も頷く。

分けあったジュースとフラッペは本当に美味しかった。

こんなフリーマーケットを、特に時間の制約も目的もなくぶらぶら覗いて歩くのは、思っていたよりもはるかに楽しい。

商売っ気よりもむしろ趣味意識の高い人々が店を並べる先で、ちまちまと作られた端切れ小物を眺めたり、細かいレザーアートのブックカバーを選んだことなどなくて、それだけで心が躍る。

これまでは、出かける場所や相手がいつも限られていた。自分が知らなかった世界はこんなに新鮮なものだったのかと、真尋は目を見張りながら色んなものを覗く。

手作りのジャムだのクッキーだのが入れられた小瓶を眺め、おやつ代わりに椎名が買ってくれたミニドーナッツを、木陰で二人で頬張った時も楽しかった。

だが、そうして浮き立つ気持ち以上に、さっき、空いた美術館でいとも無造作にキスをしてきた、かたわらの椎名の熱をずっと意識していた。

本当に唇同士が触れあった感触は一瞬だった。

ごく軽い、ライトなキスだったのに、歩いていても、雑貨などを手に取ってみても、まだそのわずかに触れあった感覚が唇に残っている気がする。

キスの直後、椎名を押しのけて立ち上がった時は、本当に一も二もなく、この場から逃げ出したいとそればかりを思った。

顔から火でも出そうな思いで次の展示室へと入った時も、心臓がバクバクいっている音が耳に大きく響いていて、椎名が自分を呼び止めようとしたのも半分聞こえていなかった。

多分、椎名が求めているのは、好きな相手にキスをされ、動揺のあまり逃げ出すような男ではない。キスなどなんなく躱せる、そして、キスしてもほんのゲームや挨拶程度にしか捉えていない人間だ。

おしゃれな場所での、おしゃれで様になるキス。真尋にとってはわずか二度目のデートで、つきあった相手とキスすること自体が初めてだったなどと、どうして椎名が信じるだろう。

そう思って、なんとかギリギリのところで表情を作った。

とっさに、自分が椎名になんと言ったのかは覚えていない。

それでも、椎名はキスしたことは後悔してないと、そう言った。

後悔していないと…。

誰にでもそう言うのだろうかと思う一方で、それを嬉しく思う自分がいる。

今も真尋は平静を装い、目を伏せがちにする椎名の表情の裏の思いを読み取ろうと必死だった。

椎名は当然のようにフラッペを分けあい、当然のようにジュースを交換する。それは本当に些細《ささい》なことにすぎないけれど、真尋にとっては二度目のデートでの貴重な経験だった。

ことことと躍る動悸《どうき》を無視して、相手の出すサインを読み違えるまいと、真尋はそちらの方に神経を凝らした。

夕食は久しぶりに父親と取る約束だったが、そうでもなければ夕食、そしてその後のお酒…、と浮ついた気分のままで椎名につきあってしまいそうな自分がいる。

「家まで送ります」

電車の中まで椎名と一緒にいれば、きっと目立ってしまって仕方がないのに、最後、反対方向の駅のホームまで上がってきた椎名は、電車を待ちながら言った。

「いいよ、子供じゃないんだし」

離れがたいような思いを胸に、真尋は笑ってみせる。

送ってくれるという椎名の言葉が誰にでも向けられるものではなく、今、こうして離れがたく思っている自分と一緒のものだといいのにと願っている。

時任からはずいぶんな遊び人だと聞いたけれども…。

多分、今日のデートを、そして空いた美術館の展示室での盗むような一瞬の不意打ちのキスを、自分はきっと一生忘れない。

それほど、真尋にとっては特別な出来事だった。

「それに送ってもらっても、うちは母の許可がなければ、友達でも中に入れない。門の前で帰ってもらうことになるから、それは逆に申し訳ないよ」

あ…、と椎名は目を伏せる。

中学の頃、真尋の同級生が記者に尋ねられ、不用意に真尋の家族間でのやりとりや家の間取りをバラしたものが週刊誌に掲載されてしまったことがある。その時、真尋の母親の事務所が出版社を相手取って訴訟沙汰になったことを知っているらしい。

確かにかなり有名な事件だ。

他にも、母親はかつて自分の熱烈なファンに二回、真尋のストーカーに一回、家の敷地内に入り込まれたことがあったため、その週刊誌記事の掲載後に母親は家を完全に建て替えた。

警備システムは、今では非常に厳重なものだ。従兄弟である時任はとにかく、他は親戚筋でも簡単には家に入れない。

「じゃあ、俺の部屋に来ませんか？」

思いもしない椎名の言葉に、真尋は目を見開いた。

長身でスタイルもいい椎名はすでに駅のホームでかなり目立っているらしく、ちらちらとこちらを見る複数の女の子の視線がある。

真尋はこの格好ならさほど目立たないが、逆に椎名の方が人目を引いていた。

「このあと？」

それは困ると、真尋は一瞬、素の表情に戻りかける。

父親と食事の約束があるというのも、相手が誰とは言わなかったが告げてある。

「いやっ、そんな急じゃなくてもいいんで…」

下心を疑われたと思ったのか、椎名は慌てた様子で否定した。

なら、まだ予習する時間があると、色々調べられるはずだと、真尋はホームに滑り込んでくる電車を見ながら、ミステリアスな形に唇の両端を上げる。

「じゃあ、そのうちにお邪魔しようかな」

呟くと、椎名は本当に眩《まぶ》しそうな表情で目を細め、真尋を見た。

そんな表情を見せられると、経験値の低い自分は必要以上に色々錯覚してしまう。

真尋は視線を落とし、なんとか椎名から目を逸《そ》らした。

「そういえば真尋さん、次、どこか行きたいところある？」

思いもせずに次の予定を尋ねられ、真尋はまた椎名を見上げてしまう。

「どこか？」

「うん、真尋さんの行きたいところ、行こうよ。ここに行きたいとか、こんなことやりたいとか…、何かリクエストあります？」

「リクエスト…」

真尋はしばらく考え込む。

「…今さら、そんなのないかな？」

「…遊園地、かな？」

「遊園地？」

デートといえばあまりに定番な行き先が意外すぎたのか、椎名はきょとんとした顔になる。

「撮影なんかでは何度か行ったことはあるんだけど、プライベートでは一度も行ったことがなくて。学校からの遠足も、仕事が重なったりで参加できなかったし。仕事じゃなくて、普通に遊びたいなって思って」

「撮影って…、真尋さん、昔、あのディスティニーワールドを毎週キャラクター達と一緒に案内するって番組で、案内役で出てなかった？　俺、時々見てましたよ」

「うん、子供の頃に仕事では行ったんだけど、全部撮影だったからね。園を案内するホスト側じゃなくて、普通に他の人に交じって列に並んで、皆と一緒にアトラクションに乗ってみたいなって思ってた」

「へぇ…」

椎名は相槌を打ったあと、ひとつ頷いた。

「でも確かに、がらんと空いたアトラクションに乗っても、楽しくないかもしれないね。並ぶのダルいとか暑いとか文句言いながら適度に待つのが、ある意味達成感と攻略感があって楽しいのかも」

「うん、マップとか見ながらね、あっち行くとかここで休憩とか、そういうの自分で考えるのも楽しいんだと思う」

「あの番組の真尋さん、本当に楽しそうに見えたのに。俺、本気でディスティニーワールドに連れてってくれって、親に頼みましたよ」

椎名は笑う。

「台本があるからね、やっぱりそれに沿って園のイメージを壊さないように楽しくっていうのが伝わって、君が行きたいって思ってくれたなら、番組の出来そのものは悪くなかったのかも…」

椎名が昔の自分を知っていたというのは、どことなくくすぐったい。

芸能界にいた頃は忙しくて、自分のテレビ収録番組はあまり目を通していなかったが、あの頃の自分は椎名の目にどういうふうに映っていたのだろう。それが不思議だ。

「真尋さん、それって行き先はディスティニーワールドでいいの？」

椎名は請け合うつもりらしい。

「大丈夫？」

連れだって歩くと間違いなしに目立つ相手に、そんな人の多い場所に行ってしまっていいのだろうかと真尋は不安を覚える。

「ちょっと対策考えときますね」

椎名が悪戯っぽく答えるのに、真尋は頷いた。

ちょうど電車がホームに入ってくる。

「行くね」

電車のドアが開くのを待って、真尋はうつむき気味に電車に乗り込み、他の乗客から顔がまともに見えることのないようにと、ドアの出入り口に立った。

ドアの閉まるアナウンスが流れる中、椎名が自分を見ているのがわかる。今さらのように気恥ずかしくなって、真尋は椎名の紺のレザースニーカーに視線を落とした。

「あれ、あの人…」

真尋の背後で固まった女子高生三人が、ホームに立った椎名を指さす。

そんな女子高生など気に留めたふうもなく、椎名はちょっと眉を寄せたまま、ドアの締まる間もただこちらを見つめている。

そんな視線が気恥ずかしい。

電車が動き出すと、椎名は身をかがめ、外から真尋を覗き込むようにして笑顔で手を振った。

真尋は他からは見えないように、胸の前で小さく手を振り返す。

「あ、今のシーナだよ！　どうりでかっこいいと思った！」

「え、マジ？　すっごいイケてた。ありえないぐらいスタイルよかった！」

「何か、手ぇ振ってなかった？」

「えー、アタシ？　アタシにじゃない？」

「いや、そこのお兄さんでしょ？」

「ハル、バカじゃない？」

バカだ、バカだ、写真撮っときゃよかった、などという甲高《かんだか》い声を背中に聞きながら、真尋は美術館で唇が触れあった時の一瞬の感触だけを、何度も頼りない思いで反芻《はんすう》していた。

Ⅲ

『ワールドに行く当日、準備するので、ちょっと早めの七時待ち合わせでもいいですか？

朝ご飯は用意しておくので、抜きで来てください。あと、できればコンタクトで来てもらえると助かります。真尋さんの家の近くまで、バイクで迎えに行きます』

椎名から携帯にメールが来た時、ずいぶん早出をするものだなと思った。

あと、二人でいる時には口調はかなりくだけてきているが、メールの文章はまだそれなりに硬いんだなと思う。

ワールドの開園は九時からのはずだが、チケットがあっても早めに並ぶのだろうかと、並んでまでアミューズメント施設などに入った経験のない真尋は、とりあえず了解の返信をした。

当日、真尋の家の近所の公園に、椎名は予告通りにバイクを着けて待っていた。

「おはようございます。これ、かぶってください」

椎名はヘルメットを差し出してくる。

「バイクでワールドまで行くの？　電車かと思ってた」

真尋は椎名に手伝ってもらって、おとなしくヘルメットをかぶる。

「いいえ、俺の家までとりあえずバイクで来てもらって、見た目だけ少しいじってもらおうかなって」

「見た目？」

「うん、やっぱり普通にしてたら、すぐに真尋さんだってわかる人もいると思うから、わからないように見た目のイメージ変えようかなって。服とかは一応用意したんで、うちに来てもらっていい？」

「服まで用意してくれたの？」

「用意したって言っても、この間、コーディネーターさんからサンプル品を借りてきただけなんだけど。洗って返せばいいって言ってたから」

俺、洗っとくし…、と椎名は請け合う。

学生に洗えるレベルの服なら、そう高価なものでもないのだろう。

「俺の部屋、ここからバイクで十五分ぐらいだから。朝ご飯はこれね、うちの近所の美味しいって評判のパン屋のサンドイッチ。七時から店開けてるの、すごいでしょ？　俺、開店直後のパン屋入ったのって、初めてだよ。朝七時なのに近所の人が何人か待ってたから、よけいにびっくりした」

椎名はバイクのハンドルからぶら下げた、サンドイッチが入っているらしきパン屋の袋を指さす。

「買ってきてくれたの？」

「うん、俺、ここのサンドイッチ好きだから。真尋さんも気に入るといいんだけど。飲み物はコーヒーでいいかな？　うち、ちょっといい感じのエスプレッソメーカーあるよ」

「エスプレッソメーカー？　買ったの？」

椎名に促されるまま、真尋はその後ろにまたがる。

「うちの親父がゴルフの景品でもらったんだけど、たかがコーヒー飲むのにいちいちカートリッジなんか買うの馬鹿らしいって言うから、俺がもらっちゃった。けっこう、いっぱしのカフェなみの味が出るよ」

「へぇ、飲んでみたい」

「でしょう?」

こうして、これぐらいつかまって…、と椎名は真尋がつかまるタンデムバーの位置を教え、膝で後ろから腰をしっかり挟み込むように教える。

「しっかり太腿《ふともも》締めてシート挟み込んでないと、加速の時に振り落とされるから。それだけ注意してね」

言い終えると、椎名はゆっくりとバイクを発進させる。

二人乗りの経験のない真尋を慮《おもんぱか》ってか、真尋から見てもかなりの安全運転だとわかるほどスピードを控えて、椎名は走った。

「ここの三階です。あんまり広くないけど、入ってもらっていい?」

椎名は六階建てのマンションの駐車場にバイクを入れると、真尋を促す。駐車場のほとんどはバイクか自転車で、学生が多そうな雰囲気だった。

こんなに早々に椎名の部屋に来るとも思っていなかった真尋は、物珍しい思いでエレベーターを降りる。以前からあるマンションのようで、廊下やエレベーター内はかなり使い込まれて風化した印象があるのが意外だった。

「どうぞ、あんまりきれいじゃないけど…」

椎名は五部屋並んだ部屋の一番奥の扉を開け、真尋を促した。

間取りは1Kらしく、手前の四畳半のキッチンつきの部屋の奥に六、七畳ほどの洋室がある細長い造りだった。

家具の色味は抑えられていて、比較的片づいている。ところどころ、カラフルな小物が置かれていて、そこそこの生活感もあった。料理もしているらしい。手狭なキッチンも、それなりに使われている形跡がある。

だが、飛び抜けて何かがおしゃれというわけでもない。年相応の男の部屋だと思う。

「狭くてびっくりした?」

「ううん。学生のひとり暮らしにしたら、逆に広い方じゃないかなと思った。キッチンもあるし」

「上京して部屋決める時に、うちのお袋が飯も作れないような部屋なんか部屋じゃないって言うから。ワンルームじゃないのはありがたいんだけど、その分、ちょっと古いんだよね」

奥のベッドの上に、椎名が説明していたものらしきシャツやTシャツが並べられているので、朝早いせいもあってか、あまり部屋を訪ねる生々しさは感じなかった。

奥の部屋には、思った以上に色々と用意されているらしく、昔、衣装さんが提げていたようなやたら大きなバッグもある。

「テーブルに座ってもらっていい？　エスプレッソとかより、カプチーノとかのほうがいいかな？　真尋さん、ミルク入れる派だったよね？」

椎名の話し方は、もうずいぶんくだけたものだ。でも、腹は立たない。

「うん、入れる。エスプレッソメーカーって、これ？」

真尋はテーブルの端に置かれた、赤いコンパクトなマシンを眺める。これかなと思ったものの、考えていた以上に小さくて可愛らしいデザインだった。

「そう。小さいのに、いい仕事するんだよ。この間入った喫茶店では、これのミルク用スチーマーのついてないタイプで入れてたよ。コーヒーは三種類、アルペジオ、カプリチオ、リストレット。どれがいい？」

手のひらの上に載る小さな三色のカプセルを差し出され、真尋は苦笑する。椎名の手の上の黒、緑、紫のカプセルのせいか、並べられた名前はまるで呪文《じゅもん》のようだ。

「どう違うの？」

「俺はどっしり系のコーヒーが好きだから、どれも香りがよくて、味もミルクに合わせても十分しっかりしてるのを選んでるつもりなんだけど。わからなかったら、色とフィーリングで選んで」

「真尋さん、ナイスチョイス。これ、美味しいよ」

カプセルをマシンにセットする椎名の調子のいい言葉に、真尋は苦笑する。

「じゃあ、緑かな」

「皿はこれ」

椎名は食料品も入っているカップボードから、平皿を取り出す。

いかにも若い女の子が選んだようなデザインではなく、普通に家から余った引き出物を持たされたような印象の皿に、逆にほっとした。

「サンドイッチは好きな方選んで。一応、フルーツデニッシュなんかも入れといた。それも美味いから、入るようなら両方食べて」

パンの袋の中からはハードブレッドを使ったパストラミハムとチーズ、チキンとバジル、オニオンのサンドイッチが出てくる。どちらもどっしりとした固めのサンドイッチに、たっぷりの具が挟まっていて美味しそうだった。

続いて出てきたフルーツデニッシュは、オレンジに軽くチョコレートがけしてピスタチオを散らしたものと、ベリーがたっぷり載ったデニッシュが出てくる。どんな顔をしてこれを買ったのだろうと思いながら、真尋は椎名を見上げた。

「どれも美味しそうなんだけど」

「あ、選べない？　俺も好きなの買ってるから、選べっていわれても迷うんだよね」

これまた軽薄な言葉だったが、憎めない。

「じゃあ、わけちゃおうか？」

椎名は真尋の前にカプチーノのマグを置くと、包丁を取り出してきてざっくりと切り分けた。

「どう？」

カプチーノに口をつけると尋ねられる。

「美味しい。お店のと十分に張るぐらい」

「でしょ？　悪くないでしょ？」

椎名はずいぶん子供っぽい笑い方をする。

思いもせず椎名の部屋で朝食を取ることになっているが、淹《い》れ立てのカプチーノも朝早くに買い出してくれたサンドイッチも美味しくて、とにかく何もかもが真尋には新鮮だった。

つきあうというのは、こういうのも込みな関係なのだろうか。だとしたら、これまで真尋は何も知らなかった。

「これ食べたら、奥で着替えて。真尋さん、身長あるからサイズはLでいいんだよね？　好きなの選んでもらったらいいから…って言っても、真尋さんが普段は着ないようなラインかも」

「そんなに？」

真尋は振り返ってベッドの上に置かれたシャツを見る。見たところ、黒や白のシャツのようだが、何か目立ったデザインなのだろうか。

「ウィッグもあるよ」

「ウィッグ？」

いったい何をやらかす気なのかと、真尋はまじまじと椎名を見返してしまう。

「とりあえず、食べたら見てみて。わりにイメージの変わるの選んだつもりなんだけど、真尋さんなら絶対に着こなせると思う。好みかどうかは置いといてね」

だんだん椎名が何をしようとしているのかが楽しみになってきて、真尋は急いで朝食をすませた。

普段は朝は食欲がない方だが、今日はサンドイッチに加えてデニッシュも平らげてしまった。朝食をこんなに美味しいと思ったのは、久しぶりだ。

「これとか、どう？　渋谷系っていうか、パンク系っていうか…、まぁ、ビジュアル系目指してみようかなって」

椎名が見せたシャツは、確かに派手なユニオンジャックの柄の入ったTシャツだが、そこまで過激というほどでもない。胸許に銀の十字架のプリントされた襟つきの黒のシャツも、自分では選ばないデザインだが、絶対に無理というほどではなかった。

「ワールドはコスプレそのものはダメらしいんだけど、ゴスロリとか、パンクルックとかには別に制限がないらしくて、普通にロリ系やロック系が園内歩いてるんだよね。あまりに目に余るっていうんじゃなきゃ、オッケーなんだって」

「思ったより、普通に着られると思うけど」

真尋は黒のシャツを胸許にあてがう。白か黒かで言われれば、今日のデニムの色には黒のシャツの方が合う気がした。

「あ、黒の方が合うかも。あとはウィッグとメイクで、全然違う印象になると思う」

「メイクも?」

「そう、アイラインの入れ方、メイクさんに聞いてきた。何度か練習もさせてもらったから、そこそこぐらいは入れられると思う」

どう、と椎名は大きなバッグからブラウンのウィッグを取り出す。

「一応、真尋さんに似合いそうなのを選んできたつもりなんだけど、あ、これいいね。やっぱり似合う」

椎名に手を取られて、ウィッグをかぶったまま、洗面台の鏡の前まで連れていかれる。

「ナチュラルボブだって。イイ感じにレイヤー入ってるけど、逆にこれだと真尋さんの美形度目立っちゃうね」

少し目に前髪がかかるウィッグは、確かに自分でも合うのを選んでもらっていると思ったが、椎名の指摘通り、あまり普段と印象が変わるようには思えない。十三の時に演じたサイコ系ドラマの時、こんな髪型だったせいかもしれない。

「あとはね、ショート系金髪ツンツン頭とか…、赤毛。あ、以外に赤毛のボブ合う」

椎名は手を打った。

「印象も全然違っていい。さっきのシャツにも合うしさ」

「…これ、園内で浮かない？」

ナチュラルな赤毛とは違い、一度ブリーチして、かなり本格的に赤を入れましたというような派手なワインレッドに、さすがに真尋もひるむ。下手に人目を引いては困ると思った。

「いや、最近、これぐらいの髪色のヤツは街歩いてても普通にいるから大丈夫。俺のは、見て、これ。メイクさんのお見立て。絶対にこれだと俺だってわからないからって、太鼓判もらった」

椎名はそう言うと、胸許まである長い黒のロングヘアのウィッグをかぶって見せた。漆黒に近い髪には派手にレイヤーが入っていて、どう見てもミュージシャン系にしか見えない。

はーい、と笑顔を見せられると、真尋もつい吹き出してしまう。

「すごいな、海外の遊園地なら行けるかもって思ったことはあるけど、こんな化け方、思いつかなかった。椎名君、頭柔らかいな」

「海外って、本場カリフォルニアの？」

「うん、そう。芸能人って休みにハワイ行く人多いけど、あれって日本と違って顔知られてないからっていうじゃない？　海外なら自由に過ごせるっていう気持ちは、わかる気がする」

「ハワイは日本人多いから、芸能人がワイキキ歩いてたら逆に目立ちそうだけどさ、ヨーロッパで暮らしてる人間は本気だろうなって思うね」

「うん、完全に本拠地移しちゃうのは勇気いるけどね。語学力にそこまで自信もないし」

踏ん切りはつかないよね、と真尋は椎名の手にした黒のロングヘアのウィッグも試してみる。こんなとんでもない格好で遊園地に行くとは、真尋にはとてもない発想だ。

洋楽のプロモーションビデオで見るロッカーのように、真尋が中指を立てて舌を出してやると、隣で椎名が大受けしている。

「これでメイクしたら、絶対にわかる奴いないから！」

「メイクって、道具持ってるの？」

撮影用のメイクは子供時代から何度もあったので、メイク道具はひと通り揃えるとけっこうな額になることは知っている。

「絶対に落ちないってメイクさんお勧めのアイラインは買ったけど、ファンデーションとかベースとかはメイクさんの私物貸してもらった」

あ、言っとくけどメイクさんは男だよと椎名はあえて断る。

「メイク方法もひと通り教えてもらったよ。だから、絶対、真尋さんだってわからないようにしてみせる」

妙な方向に勢い込む椎名に、真尋もつり込まれて笑う。

「いいよ、御手並拝見。やるなら、徹底してやろう」

遊園地を楽しめるように椎名なりに色々考えてくれたなら、それに乗ってみるのもいいと、真尋は頷いた。

「いいですか？　切符もぎのお姉さんには、にっこり笑って『こんにちはー』ですよ」

胸までの長いレイヤードヘアとなった椎名は、ワールドチケットを手にゲートへ向かいながら、にっこり笑う。

もともとはっきりした顔立ちのせいだろう、目許に入ったアイラインと目のグレーのコンタクトのせいで、にっこり笑われても思わず目を逸らしたくなるような迫力がある。きれいに筋肉のついた剝き出しの首や腕には、黒い革やシルバーのアクセサリーがじゃらじゃらと重なっている。

真っ黒なロングヘアのせいもあるのだろう。真尋が最初考えていた以上に、ヘビーなファッションだった。

モデルのバイトなどやってるだけあって、こんなファッションを着こなしてみせるのはたいしたものだ。しかし、その長身やスタイルのよさがさらに強調され、ワイルドさが増すせいか、微妙に周囲が避けて通ってゆくのがわかる。

「笑うんだ？」

へぇ、とベージュのグロスを塗られた真尋は、口許を笑いの形に引きつらせる。

さすがの真尋でも、赤のウィッグで顔を半分隠した上に、目のまわりには濃いシャドウとがっつりしたアイライン、マスカラまで施されたフルメイクであれば、周囲もまったく誰だかわからないようだ。

椎名が腕をふるってくれたビジュアル系のメイクは、ある程度、人の顔を画一的に見せる効果もあるのか、素顔が想像しづらい。最後は真尋自ら調子に乗ってつけ睫毛までつけたので、自分でも別人のように思える。

注目を集めるどころか、むしろここまでの電車の中、車内ではほどよく周囲から視線を外されていた。

こうして立っていても、あまり目を合わせたくないといったまわりの空気感が、ありありとわかる。真尋だって、普通ならこんな尖《とんが》った格好の二人組とは適度な距離感を保ちたい。

「ええ、田舎からこのワールドに来るために、目一杯盛装してきました感を前面に押し出して行けば大丈夫」

「ずいぶん細かいシチュエーションまで決まってるんだね」

「都内出身のビジュアル系バンドって、あんまり聞いたことがないからさ」

「椎名君、さりげなくひどいこと言ってない？」

「俺の出身県とか、すごく外見固めたバンド多いからそんなものかなって。高校の時、友達が東京行くのに、やっぱり精一杯盛装してたし」

「そういうもの？」

「そういうものです」

椎名は楽しそうに頷く。

「真尋さんなら、なんなく笑えるでしょ？　いい？　フレンドリーに『こんにちはっ』って言ってしまえば、こっちのものだから。中に入って、みやげもの屋のネズミの耳さえつけてしまえば、もう不思議の国ではまったく違和感もないし、楽勝だよ」

真尋は声を低める。

「それまでの罰ゲーム感が、なんか半端ないよね？」

「そういうプレイの一環だと思えば大丈夫ですよ」

「僕、そんな趣味ないんだけどな」

ぼやきながらも、真尋は椎名に続いてゲート前に並んだ。

「ディスティニーワールドへようこそ、こんにちはぁ」

ワイルドな格好の椎名にも、模範的なゲート係員はにこやかに笑いかけてくる。椎名はそれに、こんにちはぁと愛想よく返事を返す。

笑ってても愛想がよくても、今の椎名は雰囲気的にあまり目を合わせたくないよなと思いながら、真尋は椎名に続いた。

「こんにちはー」

いっそすがすがしいような気持ちで、にっこり笑ってみせる。

「ようこそ、こんにちはぁ」

係員の女性はにこやかに挨拶《あいさつ》を返してくれる。

ゲートを抜けると、椎名は真尋の腕を引いた。

「さぁ、ネズ耳カチューシャを手に入れますよ」

真尋は促されるまま、ショップへと向かう。

「これこれ、あったあった」

椎名が手にしたネズミの耳のカチューシャを手にした頃には、ゲートをくぐったせいか、真尋もすっかりこの格好を割りきれていた。

あいかわらず鏡を覗き込んでも、濃いメイクのせいで自分だとわからない。

「椎名君、この鋲《びょう》のついた耳の方が今の格好に合っていいかもよ？」

椎名の横でネズミの耳をつける真尋に、椎名はネコ型の白い耳を差し出す。

「真尋さん、ネコ耳もいけるかも」

「…いけませんから」

「いや、男の夢っていうか、美人さんにネコ耳つけてもらって『ニャーン』って…」

ロン毛の強面《こわもて》ファッションの男がニャーンなどととぼけたことを言うのに、真尋はにっこり笑ってネコ耳を手に取る。

「『ヴニャーン？』」

赤毛ウィッグにリクエスト通りネコ耳をつけ、ニィッと笑ってやると、椎名は微妙に顔を引きつらせた。

「…真尋さん、声怒ってて怖い」

「君が馬鹿なことさせるからだ」

フン、とネコ耳を外し、真尋は最初の通りにネズミの耳を購入することに決める。

「あ、本当に買うんだ？」

「椎名君が買うって言ったんじゃないの？」

はい、二人分…、と真尋は二個分のカチューシャの代金を椎名に手渡す。

「いや、俺の場合、これだけ見た目がアレなら、なくてもオッケーかなって…」

今さら自分だけ逃げを打つ椎名に、真尋はニィと唇を吊り上げて見せた。

「来たからには徹底的に楽しまないと」

「いや、真尋さんはとにかく、俺がつけるのは罰ゲーム…」

「罰ゲーム上等」

はい、行ってきてとレジを指すと、椎名は苦笑した。

「真尋さん、けっこう怖いところのある人だな。そういうところ、すごく好き」

軽薄に笑う椎名を、真尋は赤毛の陰から睨《にら》んだ。

「罰ゲーム、もうひとつ増やすよ？」

「怖い、怖い」

椎名は笑うと、ネズミの耳のカチューシャを手にレジへと向かった。


わからないものなのだろうか、と椎名とアトラクションで並ぶ間も、真尋は不思議に思っていた。

どこにでも鼻の利く人間、多少、眼鏡や服などで別人を装ったところで真尋だとわかる人間もいるが、今日ばかりは本当に周囲にもわからないらしい。

たまに視線を感じて振り返ってみても、故意に視線を逸らされる。どうも相手は、単に真っ赤な真尋の髪やネズミの耳をつけたパンクルックの椎名の罰ゲーム姿を、好奇心にかられて遠目に見ているだけらしい。

昼食とディナーを取ったレストランは、椎名があえて薄暗い造りのところをうまく選んでくれたためだろう。こちらも人の視線などほとんど気にすることなく、食事を終えられた。

待ち時間の長いアトラクションは予約チケットを受け取り、行きたいと思ったアトラクションやショーはほとんど制覇し、夜のパレードも見て、目一杯満喫した。

途中、暑さでメイクが崩《くず》れそうなどと言っては二人して化粧直しまでして、一日が終わる頃には真尋もすっかりこの格好とワールド内の雰囲気を楽しんでさえいた。

パレードが終わる頃には真尋から腕を伸ばして椎名の腕につかまり、ゲートを出るまでずっとそうしていた。

誰も自分だとわからないのだと思うと、椎名と人前で腕を組むのも気にならなかった。

ネズミの耳を外して電車に乗る頃、ようやく十二時を過ぎたシンデレラのような気分になってくる。

それでもまだ完全に浮ついた気分は冷めきらない。意図せずとも、唇がほころぶのが自分でもわかる。

椎名の部屋に戻ってメイクを落とす時にも、昔の撮影直後のような高揚感があった。仕事だという意識がない分、実際にはもっともっと楽しい。

こんなに人目を気にすることもなくのびのびと外で動き回ったのも、生まれて初めての経験だった。

何枚かはワールドのキャラクター達と一緒に写真も撮ってもらった。

もっとも、それに関してはあとで見ても真尋だとわかるのは自分達ぐらいのものだが、椎名は一緒に写真を撮ることそのものが記念になるのだから、いいのだと言う。

「楽しかった。今日は色々用意してくれてありがとう」

朝、待ち合わせをした家の近所の公園脇《わき》で、椎名の後ろからバイクを降りながら真尋は礼を言った。

椎名の部屋にはこんな形でお邪魔するとは思っていなかったが、ごく普通に友達の部屋で過ごさせてもらったようでありがたかった。

これまで、変に週刊誌ネタなどになっては相手にも悪いと、時任の家以外にはほとんど遊びに行ったこともない。こうしてさりげない形で寄れたのは、ある意味嬉しい。

「またよかったら、マリンワールドの方も行こうよ」

真尋からヘルメットを受け取りながら、椎名は笑う。

「今日みたいな格好で？」

「次はもっとマシな方がいい？　完全にスーツでリクルートルックとか？」

「コスプレ？」

「真尋さん、きっとスーツ着て眼鏡かけてても、美人さんだと思う。ただ、あんまりすっきり綺麗でいられると、皆見ちゃうよね」

椎名はつるりつるりと、いとも簡単に耳に心地のいい言葉を並べる。

このルックスで、これだけ褒め言葉を並べられれば、女の子は簡単になびくだろうなと思う。

「椎名君は本当に、言うことが軽いね」

それには答えず、椎名は少しばかり悪戯っぽい表情を見せる。

「よかったら、吉見って呼んで？」

「吉見君？」

「真尋さん、声も綺麗」

「普通だと思うよ」

続けざまに調子のいい言葉を並べられると、笑ってしまう。

この間はもう少し椎名も普通に話していたように思うし、今日は真尋と同じように椎名もどこかたがが外れているのだろうか。

今は椎名の方が露出は多い。特に今日みたいな若い女の子の多い場所では、普段はあまり自由に動けないというのもあるかもしれない。

知らない人間に、いきなり許可もなく写真を撮られるのが嫌だと言っていた。その心理は真尋にもわかる。

「そうかな？　やさしそうで、ちょっと甘さもあって…、子供に絵本とか読むのに向いてると思う」

「…そう？」

思いもせず、水曜日の秘密を言い当てられ、真尋は曖昧に笑った。

今の真尋の救いを知っているわけでもないだろうし、椎名が特別勘がいいようにも思わないが…、人を褒める言葉に長けているのだろうか。

「おやすみ、今日はありがとう」

「おやすみなさい」

椎名は言うと、ふっと顔を寄せてきて真尋の頬にキスをする。

驚いて頬を押さえると、椎名はさっさとヘルメットをかぶった。

「また、メールするね」

バイクを発進させる椎名を、頬を押さえた真尋は自分が睨んでいるのか、熱っぽい目で見ているのかもわからないまま、その背中が公園の角を曲がって消えるのを見送った。

Ⅳ

大学生協の書籍部で時任が本の取り寄せを頼んでいる間、真尋は雑誌のコーナーを何の気なく眺めていた。

椎名と次にどこに行くか、まだ約束自体が漠然とはしていたが、何かヒントになるものがないかと思っていた。

あまり人目につかない場所や人の目を気にしなくていいところと思うと、なかなかこれという場所がない。映画を観に行った時は楽しかったし、次もまた一緒に行ってもいいとは思うが、それも少し芸がないような気がする。

普通に話をするだけなら、この間のように椎名の部屋にでも遊びに行けばいいのだろうが……、と真尋は何気なく情報誌をパラパラめくる。時期的に海だのプールだのといった特集が多く、あとは花火やアウトドア、キャンプの情報だった。

肌の露出も増えるせいか、浮ついた記事が多い。以前はあまりそういうのも目に留まらなかったが、今はその浮かれた気分に真尋もどこかで同調している。

椎名は花火などは興味あるだろうかなどと思いながら、同じ雑誌コーナーのメンズファッション系のコーナーに目を移す。

美術館に椎名と出かけた時、あそこで撮影したと聞いた雑誌が目に入り、思わず手に取っていた。

ページをめくると、まさにこの間の美術館の中、レジメンタル系のネクタイやトラッドなスタイルのセーターを身につけた椎名が載っていた。ページによってはガーデンパーティーに出席しているシチュエーションで、セミフォーマルを身につけている見開きもあった。

装いはすでに秋物で、どのページでも多かれ少なかれ女性モデルとの絡みがある。

好奇心から手に取ったものだし、これが仕事とわかっているとはいえ、あまり面白くない気分になる。当然のように女性モデルの手を取っていたり、カクテルグラスを差し出している写真が、今の椎名本人に重なるせいだろう。

ただ、この間の遊園地に行った時とはまったく異なるトラディッショナル系の知的でかっちりしたファッションは、思いの外、椎名に似合う。髪型などのせいか、普段より大人びて見えて、つい、この写真を手許に置きたいと思った。

雑誌をレジに持って行くと、本の伝票を書き終えた時任がちらりと真尋の手にした雑誌を見た。

真尋は時任の冷めた視線に、気づかない振りで勘定をすませる。

「お前、そういうの読んだっけ？」

「たまにはいいかなって」

口ごもる真尋の手から、時任は雑誌の入ったビニール袋を取り、中の雑誌をパラパラとめくる。

椎名の載った美術館のページを目敏《めざと》く見つけ、時任は尋ねた。

「なぁ、こいつ、大丈夫なのか？」

「何が？」

真尋はなおも曖昧にはぐらかそうとしたが、長いつきあいの時任には通じなかった。

「色々とだよ。他の女と切れたっていう話も聞かないし」

切れた、切れない以前に、普段、噂話などに加わらない真尋の元には当の椎名の話そのものが入ってこない。

「相手が切れた、切れないって言ってまわったからって、広也はそれを信じる？」

「甘いこと言って、妙な逃げ道作ってやるなよ」

いつものように黒い太縁のセルの眼鏡をかけた時任は、辛辣《しんらつ》に言い放つ。

「広也だったらどうする？」

真尋は逆に尋ね返した。

「俺？」

真尋に雑誌を突っ返し、時任はわずかに表情を動かしてみせる。

「気になる相手に複数の相手がいるって言われてたら…、広也はどうする？」

真尋は何度か週刊誌を賑《にぎ》わせた、姉のかおるの交際相手報道を暗に匂《にお》わす。

かおるも立場上、相当に気をつけているはずだが、それでも妻子あるプロデューサーに深夜に車で家の前まで送ってもらっただの、夜遅くまで二人きりでバーで愛を語らっていただの、青年実業家と肩を組んで親密に歩いていただのと、もっともらしい記事を過去に何度か書き立てられたことがある。

かおるの今の番組担当枠は夜の九時枠だ。帰りが午前様になるのもよくあることだし、仕事のつきあいで飲みに出ることもあるだろう。

今の女子アナの肩書きも派手だ。スチュワーデスなどと並んで、男の大多数が目の色を変える職業だ。ハンティングまがいの下心いっぱいに近づいてくる相手もいるだろうし、中には肩ぐらい強引に組む相手のひとりや二人はいるかもしれない。

「かおるのことかよ？」

真尋の示唆などとっくにわかっている時任は、いつもよりさらに不機嫌な顔となる。

「本当のところは、俺なんかよりお前の方がよく知ってるんじゃないの？」

「姉さんの性格、広也もよく知ってるじゃない。下手なこと聞いたら、臍《へそ》曲げちゃうよ」

時任はむっつりと黙り込んでしばらく真尋と肩を並べて歩いたあと、眼鏡の奥から真尋を見てきた。

「俺だったら、本人問い詰める」

時任に色々言われて激昂する姉の様子が容易に想像できて、真尋は思わず笑ってしまう。

「すごいことになりそうだね」

「ハイエナみたいな連中に妙な写真撮られるような、軽薄な真似する奴が悪い」

「それ、僕に言わずに、本人に直接言う方がいいよ」

「かおる《あいつ》、家にいないじゃないか」

「言う方法なんて、いくらでもあるだろ？」

知るかよ、とこちらもなかなかに素直でない幼馴染みはそっぽをむく。

「向こうも直接言われたいのかもしれないよ？」

「馬鹿じゃないのか？」

姉と共に意地を張り合っている時任は、小さく舌打ちをした。

そんな友人に苦笑しながら図書館に向かっていると、真尋の携帯が鳴る。

携帯などほとんど使わないのにと思って取り出すと、当の椎名本人からだった。

『真尋さん？』

「うん、どうしたの？」

『図書館に行く真尋さんが見えたから』

椎名の言葉に顔を上げると、図書館のまだ向こうの校舎前から長身の男が手を振っている。

思わず笑って、真尋も小さく手を振り返す。

「目がいいな」

『今から図書館？』

「そのつもりだけど」

『ちょっとだけいい？』

そう言い終えると、椎名は真尋の方へと走り寄ってくる。

電話のやりとりと真尋の動きから椎名に気づいた時任は、溜息をつくと肩をすくめた。

「先に行ってる」

「うん、すぐに行くから」

椎名は時任のかたわらを通り様、小さく会釈する。時任はそれにほんのわずか応じただけで、足も止めずに図書館の中へと入ってゆく。

時任をちらりと見送った椎名は、嬉しそうに真尋と肩を並べてきた。

何人かがその様子に振り返り、見られていることがわかったが、構内なので多少の立ち話程度ならそう話題になることもないだろう。

「あれ、この本さ…」

椎名は時任に突っ返されたまま剝き出しになっていた雑誌に目を留め、破顔する。

「うん、椎名君の言ってた本だなって思って、さっき買ったんだ」

「え、本当に？　照れるな。これさ、けっこうかっちりした服多かっただろ？　俺、浮いてないかなって心配だったけど」

「悪くないっていうか、むしろ、似合ってるよね。こういう路線も悪くないのに」

「ちゃんと着こなせたらいいんだけど、キャラ的にあんまり柄じゃないからね」

椎名は真尋の手渡した雑誌のページをパラパラとめくる。

その中に落ち着いた海辺の和風の部屋の写真があって、一緒に雑誌を覗いていた真尋はふと好奇心に駆られ、椎名の手を押さえた。

「何？」

「どこかな、これ。なんかいいなって」

「ああ、ランプの宿？　この雑誌、わりに高級路線だから、こういう特集けっこう組むよね」

椎名は真尋と共に、見開きとなった海辺の宿の写真を眺める。

昔からの古い和風旅館を現代風にいくらか改築した宿で、磨き込まれた床や柱、畳石が黒光りして落ち着いている。海辺だが、しんと静かな印象だった。

最近、ランプの宿と称される旅館はいくつかあるが、これは房総《ぼうそう》半島のものらしい。

付近の小さな白い灯台も、付近の荒磯の風景とあいまって印象的だった。

「確かにたまにはこういうのもいいかもね、部屋に電気がなくてランプの明かりで過ごすのって…。いきなりテントで自炊とかだと、ビギナーにはきついけど」

確かアウトドアサークルだと聞いたが、さほどハードな活動はやっていないと言っていた。トレッキングなどとは無縁どころか、本気で敬遠ぎみらしい。アウトドアにかこつけたお遊びサークルだという話は、この口ぶりなら本当なのだろう。

「テントも悪くないんだろうけど、ここはゆったりした落ち着いた雰囲気でいいね」

自身もアウトドア派とは言いがたい真尋も頷く。

なによりも宿のまわりがごみごみしていなくていい。雄大な海辺の景色に、宿がしっくり馴染んでいるのがいい。夕暮れ時の宿が、闇《やみ》に沈み込むようにあるのもいい。

写真の撮り方が魅力的なんだろうなと思って見てみると、真尋も知った写真家だった。

昔、何度か映画のスチール写真撮りで一緒に仕事をしたことがある年配の写真家だ。

小さかった真尋にもやさしくて、好きだった。撮った写真が見たまま、感じたままを素朴に捉えていていいと高く評価していたのは、真尋の父親だ。

あの人がこういうふうに撮った宿なら、きっといいところなんだろうと素直に思った。

「行きたい？」

ごく軽く尋ねられ、真尋は思わず顔を上げる。

「…え？」

「真尋さんが行きたいなら、行こうよ。雰囲気あるよ」

立地的にも日帰りというわけではないだろうなと、真尋は椎名をまじまじと見上げてしまう。

どこか軽薄さと下心のある笑い。それをわかっていながら、この誘いに胸をざわつかせる自分がいる。

「嫌？」

「ちょっと高くない？」

真尋は宿泊価格の書いてある欄に目を落とす。

予期していなかった一泊旅行の誘いに、小さく逃げを打ったつもりだった。

部屋数がそんなに多くないせいか、料理が海鮮を巧みに取り入れた会席料理なせいか、学生にはかなり高めの値段設定だ。相場をよく知っているわけではないが、多分、普通の旅館なら二泊程度は出来る。

それとも、そこそこの高級旅館なら安いほうなのか。普段、人目もあって趣味で旅行などしないのでわからない。

「俺、あんまりこういうところに泊まったことないけど、真尋さんとなら行ってみたいよ」

どこまでも巧みに甘えるような椎名の言葉に、真尋はとっさに口許に曖昧な笑みを貼りつける。

何と返事をすればいいのか、わからなかった。

椎名が口がうまくて節操のないことはわかっているのに、とっさに旅行に誘われたこと自体は嬉しいと思ってしまった自分も、同じように軽薄なのかもしれない。

泊まりがけで旅行などに出かければ、何もなしというわけにはいかないことがわかっているくせに…。

「…考えておくよ」

真尋は雑誌を閉じ、提げていたバッグにしまう。

「返事、いつもらえる?」

図書館に再び足を向けた真尋と肩を並べ、椎名は重ねて尋ねてくる。

真尋は再度足を止め、悪びれた様子もない椎名を見上げた。

「君、本当に軽いな。誘えば僕が簡単に乗ってくるって思ってる？」

あえてつれなく言ってみせると、椎名は肩をすくめる。

「乗ってくれるといいなと思ってる」

真尋はひとつ深く息をついた。

譲歩のための、そして落ち着いた声を出すための深呼吸だった。

誘いに乗ってしまう自分は、間違いなく浅はかだ。これまでからは考えられないほどに軽い。時任に言えば、明らかに白い目をむけられるぐらいに考えなしだ。

だが、椎名が真尋に求めているのも、男女問わずにそういう関係を楽しめてしまう経験豊富さだというのもわかっている。

「いいよ、行っても」

真尋の言葉に、椎名は女の子ならたやすくころりと騙《だま》せそうな甘い笑みを浮かべ、横から顔を覗き込んでくる。

「じゃあ、俺、友達から車借りてくるよ」

時任に言えば絶対に馬鹿にされるだろうと思いながらも、真尋は頷いた。

V

「あれ、真尋ちゃん、久しぶりだねぇ」

こんにちは、と真尋が頭を下げて劇場の楽屋に入ってゆくと、二枚目俳優として広く知られた加藤匡彦《かとうまさひこ》は嬉しそうに振り向いた。

「ごぶさたしちゃってすみません」

真尋は首をすくめ、これ…、と加藤の好物であるおかきの詰め合わせを差し出す。

「ああ、いつもありがとう。本当にここのは美味しいよね。僕、これだけはスタッフにわけずに持って帰って、全部食べちゃう」

五十代後半になっても、ゲイではないかと噂が立っても、なおも女性ファンを沸かせる端整な容姿の加藤は、律儀に礼を言ってくれる。

銀幕時代最後の正統派美形男優と言われるほどに目立つ容姿のせいか、加藤には決まったパートナーがいるにもかかわらず、真尋同様に本人のあずかり知らぬ浮き名がいくつもある。

だが、本人はいたって真面目な人柄だ。

子供の頃からずいぶん可愛がってもらったし、芸能界を引退してからも時々会って話す、数少ない相手だった。

しかし、それを変に誤解する人間もいるらしく、以前、真尋との関係をスクープされたこともある。それは今も、申し訳なく思っている。

「この間、藤枝監督が来られて、ちょうど真尋ちゃんの話してたんだよ。大学院できっちり勉強してるんだってね。ずいぶん、自慢みたいだよ」

「自慢っていうか、心配なんじゃないでしょうか？　よく、お前は世間知らずだって言われますから。でも、その父に加藤さんのこの舞台はすごくよかったって聞いて。それは行かなきゃって」

「本当に真尋ちゃんは昔から褒《ほ》め上手だなぁ。今回のはちょっと難しい舞台だからねぇ、玄《くろ》人受《うと》けはするみたいなんだけど」

「でも、加藤さんのファンの方だったら、こういう役も見たいっていう方が多いんじゃないかな。ちょっと悪くて屈折した役」

そこからしばらく、ああでもない、こうでもないと加藤がメイクを落とし、着替えを終えるまでの間、しばらく舞台論などを聞きながら楽しく話す。

「真尋ちゃん。よかったらこのあと、ご飯行こうよ。真尋ちゃんがよかったら、共演の佐治《さじ》さんも誘ってさ、佐治さん、久しぶりでしょう？　佐治さんも真尋ちゃんに会ったら、きっと喜ぶし…」

加藤はちょうど部屋に戻ってきたマネージャーに、ねぇ…、と声をかける。

「あ、すみません、加藤さん、今日、僕、加藤さんに聞きたいことがあって…」

「そうなの？　何？　込み入った話？」

真尋の雰囲気がいつもと違うと思ったのか、加藤は少し顔を寄せてくる。

「ええ、込み入った話です。ちょっと馬鹿馬鹿しいかもしれないんだけど、加藤さんじゃないと聞けなくて…」

真尋がごめんなさい、と手を合わせると、加藤はわかったとマネージャーに近場の日本料理店の個室を押さえるように頼んでくれる。

店までは劇場地下の関係者用駐車場から、マネージャーが車を出してくれるという。

加藤の配慮にはつくづく頭が下がると、真尋はその厚意に甘えて車に乗り込みながら思った。

椎名につきあってくれと言われた以上、いずれどこかで踏ん切りをつけていたことだ。

しかもそんなに遠くない先に…。

「味もいいけど、食器がいいんだよ、ここ。だから、最近よく通ってる。入って」

年配の店員の案内で個室の襖《ふすま》が開かれると、加藤はにこやかに真尋の肩を押した。

料亭というほど格式張ってもいないが、割烹《かっぽう》というほどにカジュアルでもない。商業ビルの半フロアを利用しているが、客同士があまり顔を合わせずにいられる中の造りは、なるほど加藤のようなよく顔を知られた芸能人でも使いやすいだろうなと思わせる。

椎名が社会人ぐらいになったら来れるだろうかという考えがちらりと頭をかすめ、真尋はそんな願望じみた想いを一蹴《いっしゅう》した。

いったい自分は、椎名に何をどこまで期待しているのだろうか。

「僕はビールいただこうかな。真尋ちゃんは飲む？　もう二十歳越えてるから、飲めるんだよね？」

「じゃあ、ちょっとだけお願いします」

テーブルに着いた真尋はにこやかに頭を下げる。

女性店員は有名人には慣れたものなのか、承知しました…、と愛想よく答えて部屋を出てゆく。

ビールとお通しが運ばれてきたあとも、加藤はしばらく藤枝が今撮影を終えて編集中だという新作映画の話を熱心にしてくれる。

「それで、聞きたいことって何かな？」

加藤が話を切り出したのは、羹《あつもの》の碗《わん》が運ばれてきてからだった。

「こんなことをきいて恐縮っていうか、軽蔑《けいべつ》されるかもしれないんですけど…」

真尋は碗の蓋を取りながら、どう言い出せばいいものかと少し躊躇《ためら》う。

「何？　何か色っぽい話？」

真尋の気まずさを見て取ったのか、加藤ははぐらかすように笑う。

「ええ…、男同士のやり方って教えてもらえないかなって思って…」

「やり方?」

加藤は少し眉を寄せた。

「何?　最近はゲイ向けでも本やＤＶＤも出てるし、昔と違ってネットとかでも調べられないわけじゃないでしょ?　あんまり、真尋ちゃんらしくないわね」

加藤の話し方がかなり女性的なものになってくる。オープンにはされていないが、くだけると加藤はどんどんオネェ言葉になってくる。背も高く、男性的に整った容姿にそんな言葉遣いはずいぶんな違和感がある。真尋の子供の頃にはそれが不思議だったが、今は加藤にとってはこちらの方が楽なのかなと思うようになった。

「もちろん、そういうのは自分なりに調べたんですけど、少し込み入ってて…、あんまり初めてだと思われたくないんです。むしろ、百戦錬磨っぽく…」

「百戦錬磨?　それって、どういう意味?」

加藤はさらに困惑顔となった。

「真尋ちゃん、今、男の子とつきあってんの?　真尋ちゃんってそういえば、前に彼女いないんですって言ってなかったっけ?」

「…誰ともつきあったことはありません。今の相手が初めてで…、男性です」

「正直に言っちゃえばいいじゃない。初めてだって言われれば、真面目につきあってる相手なら喜んでくれるわよ」

「ちょっと事情があって、僕、相手にずいぶん経験豊富だって思われてるみたいで…」

昔、真尋がドラマで周囲の大人の女性を何人も巧みに操る少年の役を演じた時には、マネージャーに頼んで資料として揃えてもらった何本もの官能映画やAVビデオを大真面目に見た。

真剣に教えを請うた真尋に対し、実際に相手女優や監督、時にはAV俳優までが真面目にアドバイスをくれたのは、周囲に恵まれていたのだろう。

視聴者をあっと言わせたのは、あの時に真尋にからかうこともなく真摯《しんし》にアドバイスをくれた、周囲の制作陣や俳優陣の指導の賜物《たまもの》でもあった。真尋は今もそう思っている。

確かに演じたのは真尋だったが、同時に作中であの大人の女性を次々に魅了した少年は、複数の人間が性的魅力を感じる少年像の集大成だった。それに加えて映像、音楽、照明、編集などの効果も乗ってくる。

実技とはまったく異なる、映像や声で多くの人間を惹きつけるための濡れ場だったことは、当の真尋本人が熟知している。

「ああ、あのドラマのせいで？　別にいいじゃない、正直に打ち明ければ。まわりは色々思ってるけど、本当はつきあったことがないんですって。相手が真尋ちゃんのこと好きなら、それはそれで理解してくれるでしょ？　あなた、真面目だもの」

「相手のイメージを壊したくないんです」

「何、馬鹿なこと言ってるのよ。イメージとかそういうの以前に、真尋ちゃん自身のアイデンティティーや尊厳の問題でしょ。好きでつきあっているなら、ちゃんと相手にわかってもらうべきっていうか、わからせるのも真尋ちゃんの責任のひとつよ。それでわからないようなロクデナシなんか、どうせろくな男じゃないわよ」

「…それも知ってます」

加藤は端整な顔立ちをかなり露骨に歪めて見せた。

「何、それ、イヤねぇ。前に女の子は苦手だっていうのは聞いたけど、男にだって色々いるのよ。あなた、もっといい恋しなさいよ」

「…でも、なんか」

好きみたい…、と言いかけた真尋が口にするまいと呑《の》みこんだ言葉がわかったのか、加藤は溜息交じりに冷酒を呷《あお》る。

「そういうのって、あとでこっぴどく傷ついて後悔するかもしれないわよ？　むしろ、後悔しかしないんじゃないの？　あなた、それを自分の幸せにつなげていけるの？」

「後悔…するのかな？」

加藤の言う『幸せ』の形は人によってそれぞれで、誰によっても違う。真尋自身、いったいどこを目指しているのかわからない。

ただ、芸能界にいた時、そして、やめてからこれまですべてを含めた中で、今、一番自分が生き生きとした、人間らしくて生々しい感覚を味わっている気がする。

誰かともっともっと一緒にいたいとか、心から声を上げて笑ったとか、キスをしてドキドキするといった感情は、今までまったく知らないものだった。

小さく首をひねった真尋に、それこそ五歳の頃から真尋を知る加藤はさらに深い溜息をついた。

「本当に真尋ちゃんって、こうって決めたらテコでも動かないわよね。小さい頃から」

「ごめんなさい。すごく馬鹿な頼みだってわかってるけど」

真尋は唇を噛む。

椎名は最初、真尋に『教えてくれ』などと平然と言ってのけた男だ。

女の子でもない男の初物を相手にすることなど、端から考えていない。

処女願望など皆無に近くて、実のところは女の子相手だって初めては面倒だと思っていることは、これまでの話ぶりから薄々わかっていた。

「ねぇ、食べちゃいましょ。せっかくのお料理が冷めちゃう」

加藤は目の前のきれいな有田焼の碗を指した。

「それで、食べてから色々考えましょ？　どうせなら、あなたも楽しめたほうがいい。初めての経験なんて、誰だって一度きりだもの。大事にしないと。そうでしょ？」

「ごめんなさい、ありがとう」

詫びる真尋に、加藤は小さく首を横に振った。

「いいわよ、でも、藤枝監督には内緒よ。そんなこと教えたなんてバレたら、殺されちゃう。あなた、本当に監督にとっては箱入りだから。下手すりゃ、お姉さんのかおるちゃんより心配に思ってるんじゃないかしら？」

「絶対、言わない。だから、僕にできることは教えてください」

「本当に申し訳ないことしてる気分だわ。私が監督だったら、絶対、相手の男をぎったぎたにしてるわよ」

ねぇ、と加藤は眉を寄せて真尋の顔をしみじみ眺めた。

VI

椎名の運転するレンタカーの助手席で、真尋は窓からの潮風に髪を晒しながらぼうっと空を見ていた。

「真尋さん、車酔った？」

「…いや、どうして？」

「さっきから口数少ないなって。気持ち悪かったら言ってよ、車停めるから」

眺めのいい海岸沿いの道をハンドルを切りながら、椎名は気遣ってくる。

いつも女の子を乗せた時にはこういう風に気遣ってみせているのだろうと、容易に予測できる。やさしいようで、椎名にとっては社交辞令でもあるのがわかるから、浮かれる気持ちは沈んで痛む。

本当にその瞬間、胸の奥がツキッ…と刺すように痛んで、真尋は顔をしかめた。

よく晴れた夏日で、旅行にはうってつけの爽やかな海風だった。

ナビのミスのせいで少し遠回りすることになったが、五時前には旅館に予定通りチェックインできそうだった。

「大丈夫。景色に見とれてるだけ…」

答えながらも、真尋はすぐに上の空となる。景色を楽しもうと思っても、よく晴れて爽やかな海辺の道がほとんど視界に入ってこない。

頭にあるのは今晩のことばかりだった。

いかに不自然に思われず、経験豊富なように見せるか…。

最終的に加藤は、子供の頃から知っている真尋の頼みだからと、案じながらも色々詳しく教えてくれた。

そして、事前に自分でもいくらか練習することを勧めてくれた。

いたって生真面目な優等生型の真尋は、昔の演技同様、教えられたとおりの練習までこなしてきた。

ためらいもあって色々手間取ったが、自分ではそれなりに頑張ったつもりだ。馬鹿馬鹿しいほど生真面目に、ゲイセックスについて評判の高いハウツー本などにも目を通した。実際、求められる役を演じることは嫌いではないし、その役作りのための努力や勉強も惜しまない。脚本を読んで、その役にあった資料を愚直なまでに集め、役を作り上げてゆくのが役者としての真尋のタイプだった。

それに加えて椎名に対しては、この間から恋愛感情に近い想いが生まれてきている自覚はある。抱《いだ》かれたイメージを、今さら壊したくなかった。

たとえ、椎名がどれだけ不誠実で軽薄な男か聞かされていてもだ。

馬鹿だな、と自分でも思う。イメージを壊したくないと思いつつ、最後の方は自分でも何を意図してのことか、何を得たいのかわからなくなってきている。

芸能界から引退しても、まだ世の中からどこか乖離《かいり》した自分を包《くる》んだこの半透明のゼリー状のような膜。それを抜け出る日を待っていたのは、他ならぬ自分自身ではないか…、と真尋はジーンズの膝を無意識のうちにつかむ。

――ちゃんと楽しむの。役者じゃなくったって、演技は誰だってどこかでしてるの。そんなのは置いといて、まず自分が楽しんでるって思わないと…。

加藤に言われた言葉を頭の中で反芻し、真尋は何とかこのドライブを含めて楽しもうと、眼鏡の奥の目を細める。

時任に知られれば、それこそ馬鹿だと一蹴されるだろうこともわかっている。時任の協力は得られないので、家には今日はゼミの泊まり会だと言ってあった。

そうこうしているうちに、車は予定よりも少し早い時間に旅館に着く。

リノベーションされているとのことだったが、思っていた以上に古きよき日本旅館の趣《おもむき》を残してある。嫌味にならない程度にモダンな家具やファブリックが取り入れられているあたりも、いかにもな高級旅館ほどに肩肘《かたひじ》が張っていなくていい。

旅館に電気が通っていないわけではないらしいが、夜になれば廊下やロビー、部屋の明かりはオイルランプを使うという。

便利すぎて逆に時間に追われ、慌ただしい思いにさせられる電気器具のほとんどとは遠ざかって、小さな炎のゆらぎに、日常を忘れて欲しいという趣旨でランプが置かれているようだ。

必然的に電気照明よりもはるかに暗くなるし、部屋にはテレビも置いていないので、旅館そのものの夜は早くなるという。

石畳の廊下にはよく使い込まれた昔ながらの石油ランプが吊《つる》されていたが、ロビーには装飾性の高いクラシックスタイルの大型ガラス製ランプや、真鍮《しんちゅう》の船舶用ランプが置かれている。それらがコレクション感覚で、見ても楽しい。

緊張しながらも、様々な色や形のランプが珍しくて、少し気分もほぐれた。アンティークや綺麗なものの好きな真尋は、まだ火の入る前からあれこれとランプを眺めてしまう。

仲居に案内された部屋は、海に面して落ち着いた雰囲気だった。窓が閉まっていても、波が岩を洗う音が聞こえてくる。

窓枠も鄙《ひな》びた木枠のままで、味があった。

古い梁《はり》の残った落ち着いた田舎家風の部屋の中を、真尋は部屋の隅でゆっくりと見まわす。

確かに旅館は旅館なのだが、田舎にある遠い親戚の家に来ているような雰囲気だ。

旅館というには梁が多くて、部屋も二間続きと広い。あまり客室っぽい造りでないせいかもしれない。

子供の頃にロケに行った田舎の茅葺《かやぶ》き屋根の家が、こんな印象だったと真尋は目を細める。

「ねぇ、真尋さん、α波が出てよく眠れそうじゃない？」

窓辺で下の海を見下ろしながら、真尋の緊張に気づいていないらしい椎名は笑う。

「眠れるかな？　僕、こんなに海に近い場所で寝たことがないから、逆に波の音が気になっちゃうかもしれない」

真尋は開けた窓から外を覗き、呟いた。

今夜の部屋の主の明かりとなるのは、丸く青いセードのついた綺麗なランプだった。

さらに海に張り出した窓辺には補助明かりとインテリアも兼ねているのか、柔らかい色味の丸く小さな津軽びいどろのランプが並べて三つほど置かれている。

丸みのある吹きガラスのぽってりした形と色味が気に入って、真尋は思わず手に取った。

「真尋さん、そういうの好きそうだね」

「好きそうに見える？」

「うん、手に取った時の顔とか見てたら、嬉しそうだなって」

知らずにそんな無防備な顔を見せていたのかと真尋ははにかみ、うつむいた。

とっさに、次にどんな表情を作っていいのかわからなくて困る。

「…透明で綺麗な色味なのに、味もあっていいなって」

「癒《いや》されるとか、そんな感じ？」

「うん、このままでもいいだろうし、火が灯っても雰囲気ありそうって思う」

「お土産に一個買う？　俺、プレゼントするよ」

思いもしなかった椎名の提案を、真尋は曖昧に笑ってはぐらかす。

形が残るものは、何となく今日は持って帰りたくなかった。気分的なものだ。どこかナーバスになっているのかもしれない。

「そうだ、真尋さん、明るいうちに一度露天入っとく？」

「今？」

「温泉って、旅館についてすぐに一度、晩飯食って一度、朝食前にもう一度の合計三度入るっていうじゃない」

「ここ、多分、温泉じゃなくて普通の内風呂じゃない？　雑誌で写真見た限り、そんなに大きくもないと思うけど」

「そうなの？　俺、てっきり温泉旅館かと勝手に期待してたよ」

間の抜けた椎名の言い分に、真尋は笑う。

「そういえば仲居さんに食事時間は聞かれたけど、お風呂のこと、何も説明されてないね。フロントに聞いてみる？」

部屋の中で唯一の電子機器である内線電話は、渋い色味の掛布がかけてられている。それを指差すと、いいよと椎名は首を横に振った。

「言ってはみたけど、一日に何度も入るほどまで風呂が好きなわけじゃないし。湯治じゃないんだから、そんなに何度も風呂入ったらふやけちゃうよ」

椎名はごろりと畳の上に大の字に転がる。

「ねぇ、すごい気持ちいいよ。波の音が聞こえて」

促され、同じように畳の上に転がってみると、確かに開けた窓から心地いい潮風と共に波の音が揺らぐように聞こえてくる。

「本当だ、寝ちゃいそう」

「寝ててもいいよ、食事の時間になったら起こすし」

「もったいなくない？」

「たまにはこういうのも贅沢《ぜいたく》でいいかなって。気持ちのいい場所で、だらだらゴロゴロ、うたた寝するのも悪くないよ。俺の横で真尋さんが寝られるならの話だけど」

「どうだろう」

真尋は夏用の麻のカバーの掛けられた座布団をとり、手枕がわりに敷いてみる。

ふっと瞼《まぶた》を閉じてしまうと、昨日の晩、緊張で眠れなかったことが思い出された。

「昨日、あんまり寝てないから…」

「あれ、そうなの？　何かレポートとか？」

「うん、なんていうか、遠足前の子供みたいな…」

真尋は目を閉じたまま、曖昧に言葉をぼかす。

色々頭の中でシミュレーションしては、ぐるぐるしていた。不安と期待がないまぜになって余計なことを考えすぎたのかもしれない。三時過ぎまで意識はあった。

明日に備えて眠ろうと思って、なお焦った。

「そう？　意外に子供っぽくて、可愛いところあるね」

閉じてしまった瞼は重く、椎名の声が少し遠い。

うん…、そう呟いたつもりだったが、波の音が心地よくてうまく返事にならなかった。

打ち寄せる波の音、潮の香り、やや湿り気を孕《はら》んだ心地いい風、畳の感触、古い建物の気配…、それらがすぐかたわらに感じられる。

知っているようで知らない、どこか懐かしい気配…。

規則的な波音とあわせて、意識が揺れるように沈んでいった。


「真尋さん、食事だよ」

ゆるく肩を揺さぶられ、真尋は驚いて目を開ける。

波音を聞きながら意識が遠のいたのは、ほんの少し前だ。

なのに、部屋はもうかなり薄暗くなってきている。

起きなければと思う意識と、この心地よさの中でもうしばらくまどろんでいたいという思いが何度か頭の中を行き来したが、それがもう食事だとは…。

「え？　今、何時？」

「んー？　七時前かな」

腕の時計を眺める椎名の向こうで、仲居がすぐにご用意しますね、とにこやかに会釈して座卓の上を手際よく食事用に整えてゆく。

部屋の梁に下がったランプに火が入れられ、さらに食事用にとかなり明るめのテーブルランプが持ち込まれる。

繊細な装飾ガラスのホヤを持つ灯心の太いランプはそれなりに明るく、もちろん蛍光灯には及ばないが食事を取るには十分な明るさだった。

「さっきは波の音が気になって眠れないかもって言ってたのに、真尋さん、あんまり無防備に寝るから、なんか俺、自分に自信なくした」

仲居が廊下に出た隙を狙い、低くからかってくる椎名から真尋はつれなく顔を反らせる。

「何、馬鹿なこと言ってる」

「いや、でも寝顔可愛いから起こすのもどうかなぁと思ってるうちに、こんな時間になっちゃって」

椎名は日の落ちかけた窓の外を指差す。

遮るものもない黄昏《たそがれ》色に染まった広い空は美しく、すでに濃い紺碧《かんぺき》のうねりを見せる海と合わさって、さっきまでとはまったく別の景色を見せている。

「あ、きれい…」

真尋は身を起こし、窓辺に行ってしばらくその眺めに見入る。

「お手許が暗いようでしたら、もうひとつランプをお持ちしますので、おっしゃってくださいね」

食事の用意を調えた仲居が頭を下げ、また頃合いを見計らって次の皿を持ってくるから、と出てゆく。

用意してもらったビールのグラスを合わせ、八寸と碗物に箸をつける。

ランプの揺れる炎の中で碗物の蓋を取る時、真尋は目を細めた。

「『陰翳礼讃《いんえいらいさん》』の世界だね」

「えーと、谷崎《たにざき》…潤一郎《じゅんいちろう》だっけ？　真尋さん、絵本だけじゃなくて、そんな高尚なの読んでんの？」

文学青年？…、などと椎名は驚いたような顔を見せる。

「名前は硬いけど、エッセイ本みたいなものだからね。文庫本一冊だったし、わりにするする読めるよ。こんな考え方も悪くないなって」

「え、それ読んだの、最近？　もしかして、十三、四の頃じゃないよね？」

「それは最近…っていうか、高校ぐらいで一度読んで、大学の時にも何度か。僕は嫌いじゃないよ。よかったら一度読んでみて」

「エッセイ本？　だったら、読めるかなぁ」

「貸そうか？　まだ、棚にあるから」

たわいない会話と共に、素材を活《い》かした料理を口に運ぶ。ふんだんな量は食べきれないほどで、真尋はご飯の量を少し減らしてもらったが、椎名はすべてを平らげた。

今も時々、プールで泳いで身体のラインが崩れないよう、運動不足にならないように努力している話を聞いて、見た目よりも根性があるのだなと思う。

そう言うと、もともと水泳は好きで受験の時もずっと続けてたしね、と椎名は照れたように笑った。

ビールのあとは日本酒一合をわけ、すっかり日の暮れた頃に食事を終えた。

「真尋さん、お風呂入ろうよ」

仲居が水菓子の皿を下げ、あらためてお茶を入れ直してくれるのを見ながら、椎名はちゃっかり誘ってくる。

「吉見君、先に入ってきなよ」

仲居が風呂の場所を説明して部屋を出るのを見届け、真尋は応《こた》えた。

「だって風呂もランプだよ？　ほとんど何も見えないよ。逆に誰かいないと、暗さでけつまずいちゃうんじゃない？」

指摘されて真尋も考える。確かにあまり視力もよくないので、初めて使うお風呂であまり暗いのは心許ない。他の宿泊客もいるだろうし、意識しすぎて必要以上に恥ずかしがるのもどうかと思った。

こういう時、同性同士というのは便利なようで不便だ。真尋はそれ以上は強く拒めないまま、タオルと浴衣《ゆかた》を手に部屋を出た。

廊下は事故を避けるためか、等間隔で吊り下げられた灯油ランプの他、足許には手燭《てしょく》タイプのランプも置かれているのでそれなりに明るい。

「意外に明るいよね、ちらちら炎が揺れるから風情はあるけど」

壁に映る炎の影が火の揺らぎと共にゆらゆら揺れるのに、真尋は目を取られる。

少しずつ非現実的な世界へと足を踏み入れたような感覚に陥り、それが今晩のために用意された舞台装置のようにも思えてくる。むしろ、そう思いたい。

椎名と共に脱衣所に足を踏み入れると、そこは廊下ほど明るくなく、薄暗がりともいえる場所だった。服を脱いでも、これならほどよく身体のラインも闇に沈むと、真尋はほっとする。

脱衣カゴの置かれた棚を見ると先客が二名いるようだが、うちの一名は早々に風呂から出てきた。暗さのせいか、真尋だと気づいた様子もない。

「俺、先に入っとこうか？」

仕事柄、人前で服を脱ぐことに抵抗はないのか、さっさと服を脱いで下着だけとなった椎名がそっと尋ねてくる。

「いや、大丈夫、待ってて」

ニットシャツに手をかけた真尋が、えいやと服を脱いだのからさりげなく視線を外し、下着も脱ぎ捨てた椎名は、タオルを前に風呂を覗きに行く。

「あ、こっちは一段と暗い。なんとか、身体洗えるレベル。でも、いけないことないよ」

内側の状況を説明してくれる椎名の気遣いに感謝しながら、真尋もさっさと服を脱ぎ、タオルを手に風呂へと向かった。

「入るね」

ちらと真尋を振り返って笑う椎名の背中は広く、引きしまったバランスのいい筋肉が見事だった。

真尋は薄く頬が紅潮するのを意識しながら、椎名に続いて洗い場に足を踏み入れる。
五、六人も入ればいっぱいになるような風呂だ。グレーのタイルを貼った洗い場の上にランプがひとつ、そして湯気に曇《くも》った湯船の上にひとつ置かれたランプでは、本当に身体を洗って、お湯に浸かるぐらいしかできそうにないことに、逆にほっとする。
椎名が適度に視線を外しながら、明日はあの灯台まで行ってみよう…などと、いつものように軽い話に終始してくれるおかげで、真尋はなんとか身体を洗い終え、逃げるようにお湯に浸かった。

それと入れ違いに、それまで湯船に浸かっていた年配の客が出てゆく。

「いいね、こういう暗い風呂もさ。野趣味…っていうんだっけ？　うちのサークルで、ドラム缶風呂試そうっていう話が出たことあって、女子に男子はいいけど、私たちは着替えとかあるから、そんな簡単に試せないんだって反対されてポシャったんだけど」

だから、俺達のサークルってヌルいんだよなぁ…、などとほどよい距離でかたわらに浸かる椎名が、湯をすくいながら笑っている。

いつもはことあるごとに綺麗だの、可愛いだのと真尋を褒めるくせに、今、あえてそれに触れないのは椎名のやさしさなのだろうかと、真尋は生返事をしながらぐるぐる考える。

このあと、どういう風に持っていけば一番自然な流れなのかと、真尋はずっと頭の中でシミュレーションしていた。

「真尋さん、そろそろ出る？」

半ば上の空で返事をしていた真尋をどう思ったのか、椎名は真尋の顔を覗き込むようにして尋ねた。

「ああ…、うん」

「真尋さん、すごい汗。もしかして、熱いの我慢してた？」

言いながら、椎名は浴槽の縁に置いていたタオルで真尋の額を拭《ぬぐ》ってくれた。

「…そういうわけじゃないけど、なんか不思議な雰囲気のお風呂だなぁって思って」

真尋は湯気で曇るランプを見上げながら、小さく口ごもる。緊張で、もう自分が何を話しているのかもわからなくなってきていた。

「ランプ、いいよね。雰囲気あって。山小屋って、こんな感じかな」

出よう…、と先に立ち上がった椎名は、真尋の手を引いてくる。

いよいよだ…、そう思いながら、真尋は立ち上がった。

「うわ、やっぱりここも暗…、つか、一番暗い」

すでに布団も敷かれた部屋の襖を開けた椎名が苦笑する。

「廊下が明るい分ね。でも、すぐに目も馴れるんじゃない？」

逆にこの部屋の暗さに少しほっとしながら、真尋は襖を閉める。

「テレビもないしさ、すぐに寝ろといわんばかりのこの暗さは…、豆球よりましっていうぐらいだよね」

ぼやきながら椎名はランプの芯を調整し、わずかばかり炎を大きくする。

風呂まで一緒に行ったせいか、かなり腹も据わってきた。映画やドラマのキュー直前には、いつもこんな緊張感とかすかな高揚感があったように思う。

「真尋さん、窓際のランプもせっかくだから少しつけてみる？」

「うん、お願い」

頷くと、椎名は窓際に置かれた着火用のマッチと灰皿とを使い、それなりに器用に火をつけてくれた。

その間に、真尋は布団の上に膝をつき、枕許に用意されていた水水をグラスに注ぐ。

「お水、飲むよね？」

「あー、助かる、すごく喉渇いてたからさ」

本当に喉が渇いていたらしく、椎名はかなりの勢いでグラスを飲み干した。おかわりとかたわらの魔法瓶からグラスに再度注ぎ、真尋のグラスにも継ぎ足してくれる。

「湯上がりだと美味しいね。吉見君はビールとかあったほうがいい？　頼んでおけばよかったね」

「いや、俺は酒で失敗したくないから、もうあの食事の時ので十分」

「酒で失敗？」

「うん、意識飛んじゃってさ…、でも、格好悪いから話したくないや」

無造作に立て膝を抱いて笑う椎名の浴衣の胸許や裾がはだけて、きれいに引き締まった身体のラインがランプの細い明かりの中に浮かび上がる。

風呂場では他の入浴客の手前、最初の入り口以外ではそう意識して見ることもなかったが、あらためて見てみると若々しくなめらかな肌や引きしまった腹筋、逞《たくま》しい腕や太腿などは、モデルをやっているだけに絵になるほどに見事なものだった。

見ていて身体の奥がざわつく。かなり淡泊な性格だと思っていたので、誰かを前にしてこんなうなじのあたりが逆立つような生々しく息苦しい衝動を覚えたのは初めてだった。

「…きれい」

真尋は指を伸ばし、椎名の太腿の上に軽く手を置く。

椎名がちらりと歯を見せて笑った。

「俺は真尋さんの方が綺麗だと思うよ。さっきも細いのにさ、ちゃんと…」

軽く引き寄せられるままに、真尋はふっと身体を預ける。

ゆるく笑いの形を取った唇に、唇を重ねられる。

応じるように唇を開くと、やわらかく甘噛みするように何度も唇や舌先をあわせられた。

ふわりと体温が上がる。

無理にリードを取らなくても、椎名のキスは巧みだった。

椎名の浴衣の胸許を握りしめた真尋はいつのまにか夢中で舌を絡め、布団の上に押し倒されるのに身体を任せる。

「やっべー、色っぽい…」

ささやく椎名の声がまるで上滑りしてゆくように、意識が浮ついている。

「がっかりさせたら、どうしよう」

呟いたのはほとんど本音だった。うまくリードを取らなければと思っていたのが、たかがキスぐらいでぼうっと霞《かす》んだようになっている。

「がっかりなんてしない、風呂ん中でもこんなに色っぽくていいのかって思ってた。さっき、一緒に入ってたオヤジが真尋さんのこと、ちらちら見ててさ…」

ささやきながら胸許を開かれる。

首筋から鎖骨、胸許にかけて、椎名は丹念に指と唇を這わせ、何度もキスを落としてくる。

それだけで軽く腰が浮かび上がり、真尋は小さく悲鳴にも似た声を上げた。

違う。何もかもが違う。十三の時の撮影とはまったく違う。

こんなに人の息や人肌は熱いものではなかった。

こんなにわたわたと心臓は躍らなかった。

「感度いいね」

驚いたように呟かれるのが恥ずかしくて、反射的にその指先を払ってしまう。

「焦《じ》らすの？」

しまったと思ったが、椎名はゆるく笑ってなおも強い力で真尋の身体を開いてくる。

膝を割られて、さらに生々しい熱に真尋は慌てた。

「大丈夫、無理しないから…」

反射的に暴れた真尋の反応をどう思ったのか、なだめるようなキスが降ってくる。

「ごめん、それでもやっぱり勝手が違うかも、無理だと思ったら言って」

そう言って椎名は腕を伸ばし、枕許に置いてあった洗面用具を入れていたポーチから、小ぶりのボトルとゴムとを取り出す。

ちゃんと用意されているのだと、そこで真尋はかなり肩の荷が下りたような気がした。

「やり方知ってるんだ？」

完全にリードを取らなくていいのだと思わずほっとして呟くと、椎名は真尋の上に戻りながらまた唇に軽く口づけてくる。

「真尋さんに気持ちよくなって欲しいから、下手だって思われたくないから、ちょい調べた」

自分から唇を開き、真尋は深いキスをさらにねだった。

あの綺麗な年上《としうえ》の女優達とカメラの前で舌を絡めた時とは全然違う。触れあう息が愛《いと》しい。

もっと細かくくすぐるように何度も唇をあわせてみたくなる。

触れあった舌先は蕩《とろ》けるように熱くて、甘く濡れている。

椎名の湿った髪に指を絡め、真尋はキスの合間に耳朶《じだ》から顎までをくすぐる。

「…がっかりさせないといいけど」

真尋の呟きに、椎名は剝き出しになった鎖骨に唇を押しあてて笑う。

「…は…っ」

かすかに湿った唇の揺れと吐息をまともに感じ、真尋は喘《あえ》ぎに近い悲鳴を洩《も》らす。

それを知ってか、椎名はもう片方の鎖骨をゆるやかに撫《な》で胸許を探ってくる。

「…っ」

平らな胸なのに大きな手のひらを押しあてられると、それだけでまた身体全体が火照ってくる。

乳暈《にゅううん》ごとこねるように揉《も》まれると、食いしばった歯の奥からまた呻きに似た声が洩れた。

自分が知らなかった妖《あや》しい感覚を次々と与えられる。

キスと共に胸許に触れられると何かおかしくなりそうで、真尋は荒い息と共に椎名の手を押しやろうとすると、とんでもない形に真尋の両脚を大きく開きながら椎名は笑った。

「本当に真尋さん、感度よすぎて…」

「あっ…、吉見君、これ…っ」

下着越し、まともに触れあう椎名のものがはっきりと形を変えていることに焦り、反射的に逃げかけた真尋は何とか思いとどまる。

「煽《あお》るの、やめて」

掠《かす》れた声で抗議すると、薄明かりの中で椎名は普段の甘さとは少し種類の違う、やや残忍な捕食者系笑みを浮かべた。

「煽るのって？」

「こうやって…」

言いかけて真尋は唇を噛む。

椎名ばかりでなく、真尋自身も固く形を変えていることがわかって真尋は何も言えずに目を閉ざす。

「…あっ」

ねろりと濡れた舌先で乳暈を舐められると、また声が洩れる。

「真尋さん、ここ、いいんだ？　そんなに感度よかったら、撮影の時困らなかった？」

声を上げるまいと歯を食いしばる真尋をからかうように、また椎名は笑った。

「撮影と本番は全然違うんだ…」

真尋は手の甲で顔を隠し、呻いた。

本音だ。何もかもが違う。違いすぎて、身体が思うように動かない。羞恥《しゅうち》と未知の快感を、なんとか理性でぎりぎり押しとどめているだけだ。

「…っ、それ、やめて」

自分でわかるほどに固くしこった乳頭を口中で嬲《なぶ》られる一方、開いた胸許を弄《もてあそ》ばれる。

「声聞かせてよ」

自分を翻弄《ほんろう》しながらも余裕のある椎名の肩を、本気で憎らしく思ってひっかいた。

「いやだ」

暴れると、さらに巧みに身体を開かれる。

誰かに強引に力で身体を開かされたことなどなくて、真尋は本気で焦った。

しかも両脚の間で、真尋のものは信じられないほどに露骨な形に反りかえっている。それがわかるから、椎名とまともに触れあわされるのと恥ずかしさに気が変になりそうになる。

しかし、体格差、筋量の差があるから、容易には椎名をはねのけられない。

真尋は必死に身を捩《よじ》って、火照った顔を隠そうとする。

「暴れないで、ごめんね、乱暴にして」

どこか慌てたように椎名が身を起こしかける。強引に押さえつけたから、真尋が抵抗したと思ったらしい。

「やさしい方が好きだ」

真尋は荒い息の間から、訴える。

やさしくして欲しい、無理強《じ》いしないで欲しい…、これだけはいくら経験豊富に思われていようと、最初にちゃんと伝えておけと加藤に言われた。

無理に何かされそうになったら、肘や膝を使ってでも本気で殴れと。

「わかった、ごめんね」

ちゃんと大事にするから…とささやき、椎名は身を起こして真尋の身体も抱き起こし、両膝を開いた自分の膝の上に跨らせた。

「これでいい？　これだったら俺も無理強いできないでしょ？」

椎名は甘ったるいような表情を見せ、尋ねてくる。さっきよりは声もかなりやさしい。

「うん…」

椎名の譲歩を受け入れた証しに真尋はその髪を撫で、首に腕をまわして頷くと、自分から進んで口づける。

目がランプの暗さにかなり馴れてきて、椎名の細かな表情なども見えるようになってきた。

体勢も真尋の方が上になっていることもあって、余裕が出来る。

「…やさしくしてくれる？　好きなだけ触っていいから。ひどくはされたくない」

これは本心だ。嘘はついてない。出来るだけやさしくして欲しい。

これまでにない至近距離で椎名の目を覗きこみながら頼むと、青年はちょっと照れたように目を細める。

「声、聞かせてくれないの？」

「恥ずかしいし…」

真尋は目を伏せ、キスの合間に呟く。

そして、自分から手を伸ばし、猛々《たけだけ》しく形を変えた椎名のものに触れてみた。

「直接に触っても？」

ささやく自分の声が欲望にかすれている。

「真尋さん、触るの好きなの？」

欲情のせいか、椎名の声も低くかすれている。

「熱い…、固くて…」

椎名の問いには答えず、下着の中に手を滑り込ませた真尋は自分よりもはるかに嵩《かさ》と質量のあるものを握りしめながら呟く。

しっとりと湿り気を帯びたものを、先端から溢《あふ》れだした雫でさらにゆるやかに指を使って濡らす。

演技を抜きに、いつまでもこうして可愛がってあげたい気がする。

「…濡れてるね」

上から椎名の目を覗くと、悪戯っぽい笑いが返った。

「そりゃ、真尋さんとこんなになってるから」

照れ笑いを隠すため、真尋は椎名と額を合わせさらに手の中のものをゆるやかに撫でる。

「真尋さん、こっち触ってもいい？」

尋ねながらも、男の手はすでにゆるんでぐずぐずになった浴衣の裾から忍び込み、腰から臀部《でんぶ》にかけてのラインをなぞっている。

「いいけど、少しずつ…、ね？」

「わかった、痛かったら言って」

会話そのものは色気がなかったが、巧みに潜り込んだ手は下着を太腿までずらし、ゆっくりと無防備な腰のラインを撫でてくる。

芝居などしなくても、何度も臀部をつかみ、割り広げられるようにされるだけで、勝手に息が弾んだ。

椎名の手がボトルから取ったゼリーをそっと割れ目部分に塗りつけてくる。

真尋は首を折り、椎名の肩口に顔を埋《うず》めるようにして、そのひんやりした感触にと羞恥に耐える。

ゆっくりと探るように真尋の両脚の間から臀部のまろみ、そしてひっそりとした窄《すぼ》まりへと長い指が触れてくる。

無理のない力で何度か丸く円を描くように動き、長い指はやんわりと真尋の中へと入り込んできた。

「…ん」

「痛くない？」

かすれた声が低くささやいてくる。

「大丈夫…」

これぐらいゆっくりとなら大丈夫だと、何度か自分を馴らしてきた真尋は頷く。ゆるやかに入り込まれるのにあわせ、真尋は何度も短く息をつき、腰から極力力を抜こうとする。

「…ん、その角度」

ゼリーに濡れた指で触れられると、息が詰まり、腰が勝手に跳ねる場所がある。それを教えると、心得たもので椎名は何度もそこを無理のない力で刺激してくる。

「…ん…、んぅ…っ」

向かい合った男の首をしっかり抱き、真尋は懸命にその感覚に耐える。自分の指や華奢《きゃしゃ》な道具を使うのとは違い、予期しない動きを見せる指は真尋を悩ませ、喘がせた。

「ここ、いいんだ？　ね、指増やしてもいい？」

真尋の脚から下着を取りさり、椎名が尋ねてくる。固く反りかえったものが椎名の引きしまった腹部に触れてしまうのが、たまらなく恥ずかしい。

「少しずつ…ね」

細い声が上擦る。腰が持っていかれそうな強烈な快感が怖いが、怖いとも言えなくて真尋は必死で男の肩に縋《すが》った。

「…あ、…あ」

「真尋さん、声可愛い」

ささやきながら、椎名は胸許をやわらかく舐め、きゅっと硬起したものを吸ってくる。

「んぅっ…」

「おっぱい、感度いいね」

「…うん、好きみたい。気持ちいい」

気持ちいいことはどんどん伝えて、やられて不快なこともその場で伝えて…、加藤のアドバイスに従って、真尋は出来るだけ率直に口にしてみる。

「じゃあ、もっと」

椎名は笑うと、ゆるゆると乳暈ごと舐め、口に含み、愛撫《あいぶ》してくれる。

その一方で、長い指はゆるやかに真尋の中を無理のない力でまさぐり、出入りしている。

「あ…」

上下を同時に責められると勝手に腰が蠢《うごめ》き、熱を帯びてくる。

感じる姿は素直に見せたほうがいいと言われたこともあり、真尋は感じるままにうっすら熱を帯びた身を捩らせる。

「すっごい…、中狭いのにぎゅうぎゅう締め付けてきて…」

クチュクチュと指を出入りさせながら、椎名は興奮したように唇を舐めた。

「気持ちいいんだ、真尋さん」

「ん…、いい」

真尋は腰を揺らしながら頷く。

実際、内部を指でえぐるようにされると、最近覚えたばかりの箇所が何度も刺激される。

自分で触れた時以上に腰がじんじんと痺《しび》れ、淫《みだ》らにうねる。

小さく声を洩らしながら夢中でその感覚を追っていると、椎名も自分も共に薄く汗で濡れていた。

「ね…、手ついて」

真尋の中から指を抜き取ると、椎名は真尋の姿勢を変えさせ、布団の上に這わせてくる。

暗くてよかった…、布団の上に四つん這いになり、腰を突き出すというとんでもない格好をとらされ、真尋はどろりと溶けかけた頭の中で思う。

何かもう、演技だとかそうでないとかも、すべてわからなくなりかけている。

背後から大きくはりつめた先端で何度も、濡れた臀裂から入り口付近にかけてを、焦らすようにゆるく辿《たど》られる。

すすり泣きと共に、真尋の意思とは裏腹に腰がゆっくりと振れた。もっと細いものだが、内部をゆるやかに穿《うが》たれる悦《よろこ》びを真尋は知っている。

それがこのサイズになってしまえば、どうなるのだろうと浅ましい期待が湧《わ》く。

「真尋さん、欲しいの？」

軽く嬲るような声が恨めしい。

真尋はゆっくりと首を横に振ったが、なおあからさまに、膨れ上がった熱い先端が火照って充血した粘膜に押しつけられてくる。

「嫌だ、君なんか…」

これ以上からかわれるのが嫌で逃げかけた肩をつかまれ、逆に背後へと引き戻された。

慌てる間もなく、濡れ綻《ほころ》んだ箇所へとずっしりとした重みが沈み込んでくる。

「あっ…、はっ…」

その質量が苦しいという感覚と同時に、待ちかねてたものが埋まり込んでくるという喜悦がある。

濡れ火照った箇所をぐうっと犯され、割り開かれてゆく快感は想像以上に強烈だった。

「…ぁ…、う…っ」

これまで味わったことのない、脳裏が白く灼《や》けてゆくようなその快感に真尋は汗ばんだ背筋を大きく震わせ、何度も口をパクパクと開いて泡を噛む。

「真尋さん、熱…、それにすげー…」

真尋の震える背筋を背後から何度も大きな手のひらでなだめるように撫でながら、椎名が満足そうな声を出す。

その間も、真尋の下肢《かし》は深々と椎名自身を呑みこんでゆく。

「…っ、そんな…深く…っ」

初めてなのに信じられないほど奥深くまで入り込まれ、真尋はシーツをつかみ、前のめりになって少しでも逃げようとする。

他人の性器が内部に入り込んでくる生々しさと共に、自分の下肢がまったく別の強い力で圧され、蹂躙《じゅうりん》されている。

腰を揺さぶられるたび、不安定な快感が理性を塗りつぶしてゆく。

「あっ…、抜いて…」

上擦った声を上げた真尋は、その次の瞬間にゆるやかに腰を引かれ、その甘い感覚にまた悲鳴を上げる。

「真尋さん、…これ、いいんだ?」

満足そうな低い呟きに違う、と首を振ったが、内部深くまで穿たれた身体の方が椎名を追うように蠢く。

そんな反応を見逃さず、椎名は無理のない力で、しかし確実に真尋の内部を犯し始めた。

なのに、こうして四つん這いになって背後から何度も突かれていることが、今は気持ちいい。

勝手に喉を突く甘い呻き、真尋の意思とは無関係に椎名の抽挿《ちゅうそう》に呼応する腰の動きが止められない。

椎名の動きと共に、濡れ溶けたゼリーが内腿を生温かく伝ってゆく感触が恥ずかしい。

部屋に響く濡れた和合音に、耳を覆いたくなる。

「あっ、あっ…」

まるで媚《こ》びるような真尋の嗚咽《おえつ》が、切れ切れに洩れる。

この声を聞いた誰が、真尋が感じていないなどと思うだろう。

芝居でも何でもなく、真尋はこの行為に夢中になった。

強烈な快感から逃れるように前のめりになった身体を抱きとめられ、さらに腰を引かれて、深くまで男を呑みこまされる。

「いっ…、いいっ、いいっ」

シーツを引き摑《つか》み、真尋は夢中で喘いだ。

「俺も…、真尋さん、すげぇ…」

背後に覆いかぶさった椎名が満足げに呟く。

「あっ…、こんな…、こんな…」

何を口走ってるのかわからないまま、立て続けに深い波が来て、これ以上は堪《こら》えきれなくなる。

真尋は全身を何度も大きく震わせた。

「あっ…、やぁっ…！」

射精の瞬間、声を上げたことなど初めてだった。

それぐらい強烈な、身体中が大きく震えるほどの強烈な快感だった。

内腿がぶるぶると何度も細かく痙攣《けいれん》する。汗に全身をしとどに濡らした真尋は、何度も大きく喘ぎながらシーツの上に力なくくずおれてしまう。

「あ…、そんな締めたら…」

背後で椎名が呻き、喘ぐような大きな息遣いと共に、真尋の腰を痛いほどに強く抱いた。

「…ぁ…、中…」

真尋は呆然《ぼうぜん》と呟く。

ゴム越しであっても、自分の腰を抱いた男が内部深くで爆《は》ぜるのがわかる。

「ちょ…、すげぇ…」

満足げな呻きを洩らし、真尋の身体を背後から固く抱き崩れるようにして、椎名が横抱きに布団の上に倒れる。

互いに全身汗で濡れていても、繋《つな》がりあい、触れあっている喜びの方が勝った。

「…何、これ…」

畜生…、と椎名は真尋の髪や首筋、肩口に何度も口づけながら呻く。

真尋はしばらくは声も出せず、ただなされるがままになっていた。

ようやく薄暗がりの中で荒い息が収まってくると、真尋はまだ自分の中に椎名が入り込んだままなことを知る。

わき腹越しにそっと自分の身体を何度も撫でている手を握りしめると、小さく笑いが返った。

「もう少し触っていい?」

「うん…」

もう触っているじゃないかと思いながらも、真尋は目を伏せ、火照ってぐずぐずになった身体を青年の好きなようにまさぐらせる。

与えられる快感が強烈すぎて、波に揉まれるように散々に翻弄された。まだ半分以上、夢心地のようだ。

それでも、内部に含まされた男のものがまた徐々に力を取り戻しはじめるのが感覚的にわかった。

あ…、と真尋は小さく声を洩らす。

「そんな、二回も三回も無理だよ」

「そうかな？　でも、真尋さんがキツいなら」

そういって、椎名はゆっくりと気を遣いながら真尋の中からいったん抜け出てくれる。

そして、横たわったままの真尋の身体に寄り添うように身体を沿わせ、肘枕をついて真尋の横顔を見下ろすようにして何度も髪をそっと撫でてくれた。

時折、くすぐるように指が真尋の唇に触れる。

「…吉見君、ちゃんと気持ちよかった？」

「俺？」

真尋の顔を覗き込んでいた椎名は、きょとんと目を見開く。

「なんで？　すっごいよかったけど？　出来ることなら、もう一回入りたいよ」

真尋さんの中…、と椎名は真尋の細腰に意味ありげに指を這わせる。

「うん、よかった」

なら、いい…、と触れられて余韻に腰を小さく震わせた真尋はゆるく目を閉ざす。

単なる演技とは異なり、初めての経験はあまりに刺激が強すぎて、今は体力的にも精神的にもキャパを越えている。

「真尋さんは？」

まだゆるゆると真尋の髪を撫でながら、男は尋ねてくる。

「なんか、すごく気持ちよくて…、どうにかなりそうだった…」

「そう？　もっかいしていい？　後ろからもいいけどさ、今度は真尋さんの顔見たいよ」

椎名は汗ばんだ真尋の首筋に、嫌がることもなく口づけてくる。

「汗臭くない？」

「いや、全然。真尋さんの匂いみたいなのはわかるけど、俺、好きだよ。汗かいてるっていうなら、俺もドロドロだし」

ね…、と半ば強引、半ば甘美な強さで身体を椎名の方へと向けられる。

「なんか俺さ…」

椎名はキスの合間に呟き、そのまま小さく首を横に振る。

「何？」

「いや…、こんなこと言ったら真尋さん、気を悪くするかもしれないんだけど」

「僕、おかしかった？」

眉を寄せる真尋に、違う、と椎名は首を横に振って、またやさしいキスをくれた。

「終わったあとって、いっつもだりーなって思ってたんだけど、こんな風にまだ触りたい、まだやりたいとか思ったことなくて…」

そう言って真尋を抱きしめ、身体をゆるやかに愛撫しながら熱心に唇をあわせてくる椎名のものが、すでにすっかり力を取り戻し、真尋の下腹部を強く押し上げてくる。

「…ぁ」

それが嬉しくて真尋は目を閉ざす。

「やべー、すっごい抱きたい…」

ゼリーと汗とでドロドロになった臀部を、卑猥《ひわい》な形にこねられ、押し広げられる。

「ごめん、真尋さん、もう一回…」

椎名の言葉に真尋は小さく頷き、身体の力を抜いた。


翌日、犬吠埼《いぬぼうさき》の灯台と成田山《なりたさん》に寄ったあとの帰りの車の中、うとうとしかけていた真尋は自分が眠りかけていたことに気づき、慌てて顔を上げる。

「ごめん、ちょっと寝てたかも…って言うか、寝てた。ごめん」

これまで人前で寝たことなどほとんどなかったのに、と真尋は口ごもる。撮影がずれ込んで遅くなる時でも、子供の頃から知ったマネージャーの前以外では寝たことがなかった。言ったあと、徐々に自分の失態に頬に血が上ってくる。そんな素に近いところを人に晒したことがなくて、困惑する。

昨日の初体験は、よほど自分のキャパを越えていたのか。

いたのかもしれないいな…、と真尋は人より長さのある睫毛を伏せた。

「いいよ、なんかさ、真尋さん、疲れてたっぽかったから。昨日、無理に二回目せがんだの俺だし」

ハンドルを握る椎名は悪戯っぽい流し目を寄越したあと、手を伸ばし、真尋の頰に軽く触れてくる。

「朝から真尋さん、ちょっとぼうっとした感じだったから、寝不足とかもあるのかなと思ってた。真尋さん、睡眠時間、長い人？」

「長いかな？　昔はそうでもなかったけど、最近はけっこうきっちり寝てるかも」

「今日、朝も早かったしね。俺、七時に朝飯食うのって、高校の時以来だよ。あ、この間のワールド行った時は別か」

「サークルでも？　アウトドアやるんだったら、けっこう早くない？」

「うちはぬるぬるなサークルだから、そんな早起きする奴いないって」

とりとめもない会話が楽しい。心配していたほどの渋滞もなく、あっという間に家に近づいてしまう。

「真尋さん、これ」

いつものように家の近くの公園前に車を停めると、椎名はトランクに積んだ自分の荷物の中から、白いビニール袋を取り出す。

「何？」

「ほら、部屋にあった吹きガラスの丸いランプ、気に入ってたみたいだから。俺のチョイスでブルーのにしちゃったけど、よかった？」

「…あ、…いくら？」

「いいよ、真尋さんへのプレゼント。ちょっと奮発したけど、これで和《なご》んでよ」

ね、と言い残し、レンタカーを返しに行くからと椎名は車に乗り込む。

「ありがとう」

真尋は椎名がおろした助手席のウィンドウから中を覗き込む。

「俺こそ、楽しかったし…」

珍しく椎名ははにかむような笑いを見せた。

「なんか、すっごい真尋さんのことさ…」

椎名が何を言いうのかとしばらく待ったが、結局、青年は困ったような顔を見せただけだった。

じゃあね、と椎名はどこか照れたような子供っぽい笑みを残し、小さく手を上げて車を発進させた。

三章

Ⅰ

三限が終わって教室を出た椎名《しいな》のスマートフォンに、たまに選択で一緒になる村次《むらじ》という男からメールが入ってくる。

ノートを貸せとか、何か授業に関することだろうかとメールを開いてみて、椎名は呆気《あっけ》にとられた。

——長谷《はせ》さんと山戸田《やまとだ》さん、学食ですっごいバトルモードだけど。原因、お前だって？

並んだ二つの女の子の名字を見て、一瞬、その派手なバトルモードが容易に想像できてしまい、椎名はしばらく無言で画面を見下ろす。

椎名はこの間から、何度か山戸田の連絡を適当にごまかしていたことを思い出す。長谷からの連絡も、忙しさを口実にろくに返事をしていなかった。

それどころか、大友にも向こうの就職活動が忙しいのをいいことに、真尋《まひろ》の一件については何の報告もしていない。サークル仲間にからかわれた時には、橘《たちばな》真尋って本当はすごくガード固いからさぁ…、などとのらりくらりとごまかしていた。

――バトルモード？　なんで？

とりあえず返信でとぼけてみたが、理由にも心当たりがある。どちらも見た目がよくて気が強い上に、所属してる女の子のグループも勝ち気で派手だ。

しかも互いに相手グループを目障りだと思っているので、多分、険悪な雰囲気となれば数人のグループで人目も気にかけずに揉《も》めているのではないかと、その様子まで想像できる。

すぐにメールが返ってくる。

――お前、七月に山戸田さんとどこか行く約束してた？

夏になったらドライブがてら、山戸田の友達も誘って、どこかコテージみたいなのに行こうよと言われ、適当に返事をしたことは覚えている。

むろん、その場限りの調子のいい返事だった。いちいち、そんな口約束など真に受けているとは思っていなかったし、行くなら行くで、ありだと思った。

山戸田の周囲の女子も、遊び好きでノリのいい子が多いので、サークルの男子に声をかければ、好感触で皆乗ってくるだろうことはわかっていた。それなりに椎名の顔も立つ。

別に椎名も長谷が本命というわけではない以上、長谷が女の子達にどう思われていようと知ったことではない。適当に遊んでるだけの相手だった。迷惑をかけられたというのでなければ、別にかまわない。

双方共、はっきり彼女だというほどの関係でもないし、好きだと言質を取られるようなへマもしたことがないので、なんでよりにもよって、そんな学食ほどの人の多い場所で、バトルなどという話になっているのか。

村次からのメールを睨《にら》み、スマートフォンの電源を切ってしらばっくれようかと思ったところに、当の長谷から電話が入ってくる。

最初は無視してやろうかと思ったが、思うとおりにならなければいきり立つ長谷の性格を思い、椎名は半ばうんざりしながら電話を受けた。

『あ、私、悠莉恵《ゆりえ》。今、私、学食にいるんだけどぉ、うん、生協学食ね。ちょっと来てくれない？　妙なこと言って、絡んでくる人がいるからさぁ』

後半、あからさまに相手に聞こえるように言ってるらしき声に辟易《へきえき》とする。自然、答える椎名の声も素っ気なくなった。

「絡むって、なんで？」

『さぁ、言ってる意味、わけわかんないだけど。…いや、だから知らないって…、ちょっと妙なこと言わないでくれる？』

わけわかんないの後の甲高《かんだか》い声、攻撃的な言葉は、直接相手に向かって言ってるらしい。たまに聞こえてくる声は、山戸田のものだったろうか。そこまで熱心につきあったわけではなかったので、電話越しの声だとわからない。

この歳《とし》になって、小学生、中学生の喧嘩《けんか》でもあるまいし…、と椎名は『今、教授に呼ばれてるから』などと適当なことを言ってしらばっくれ、電話を切る。

その直後、さっきの村次とは異なる相手から、生協食堂で女子のグループがお前を理由に喧嘩してるけど…などというメールが、三本ほど入ってくる。

椎名は画面を見て、げんなりした。他の人間がそれとわかるほど、はっきり自分が理由になっている喧嘩を放置すれば、さすがにどんな結果になるかぐらいかはわかる。

椎名はやむなく、学食に向かった。

この様子だと、もともと同じ学年でも仲のよくないグループだったのが、椎名を理由にあからさまな喧嘩となったのか。

互いに二十歳を越える歳だ。今さら大学で、しかも女同士で喧嘩などになるだろうか…と考えかけ、そういえば去年の学祭の時も、出し物を巡り、何かあの二つのグループ同士で言い争いになったという話を思い出す。結局、あのグループ同士ならやりかねないという結論に至ってしまう。

案の定、椎名が行ってみると、食堂の目立つ場所で、しかも隣り合わせのテーブルで女の子、五、六人同士が、あわせると十人以上が、ギャンギャンとヒステリックに罵《のの》りあっている。

双方共にそれなりに可愛《かわい》い子が揃《そろ》っているだけに、逆にとんでもなくみっともないとしか言いようがない。

椎名は面白そうにそれを遠巻きにしている野次馬の中に、最初にメールを寄越した村次を見つける。

「…何でこんなことになってるの？」

椎名は姿勢を低くして村次の横へ行くと、目立たぬように尋《たず》ねた。

「いや、最初は水がこぼれたの、それが服にかかっただのっていう話だったけどね。お互い仲悪いくせに、なんで隣り合わせのテーブルに座るかな？」

「…だよな」

仲が悪くて、互いに意識し合っているだけに、相手が近くに座っても譲らないのだろうかと椎名が思いかけたところで、目敏《めざと》く長谷の方が椎名の姿を認めた。

「ちょっと椎名君、こっち来てくれる？」

ヒステリックに叫ぶ長谷に、山戸田が口許《くちもと》に手を当てて信じられないという表情を作る。

「えっ！　どうしてこういう状況で、椎名君呼ぶわけ？」

その山戸田の声に、信じられないだの、この状況で男呼ぶ？…だのといった仲間の声が重なる。

長谷に呼ばれた上に村次に脇《わき》をつつかれ、椎名はやむなく二つのグループの真ん中に立った。

「なぁ、皆、見てるし。何もこんな人が集まる場所で、集団で言い争わなくてもいいんじゃない？」

そういった椎名の腕に、ネイルを施した山戸田の腕が絡んでくる。

「でも、この人、なんか私のこと、調子に乗ってるって…」

山戸田が涙声で訴えるのに、長谷の権高で喧嘩腰な声が重なる。

「え？　そういう態度、調子に乗ってるっていうんじゃなきゃ、何て言うわけ？」

「ていうか、そっちが最初に水かけたことを普通に謝ればいいだけでしょ？」

「あんな勢いで振り返られたら、コップもひっくり返ると思うけど？」

複数の声が重なって、いったい何を言いたいのかわからない。自分が原因だと聞いたが、このグループ同士なら、多分、何が原因でも喧嘩になっただろう。

こんなみっともない修羅場は初めてだと、間に立たされた椎名は心底辟易する。

辟易というよりは、心理的にはどん引きに近い。間違いなく、まわりのほとんどの連中もそうだろう。

猫の喧嘩と同じで、バケツで水でもかけてやれば少しは収まるのではないだろうかと、うんざりした。呼びつけられたが、これでは椎名がいてもいなくても一緒だ。

しかし、そういう時に限って、普段、あまり食堂などの人の集まる場所にはよりつかない真尋が、時任《ときとう》の他、数人の男子学生と共に入ってくるのが見えた。

時任は普段から黒いセルの眼鏡《めがね》だが、真尋もあの優等生っぽいブラウンのウェリントン眼鏡をかけている。

真尋を交えたグループは食堂の端のテーブルに腰をおろしたが、真ん中で言い争いをしている女子のグループ、そして、それを遠巻きに見ている食堂内の雰囲気はやはり異様だったのか、何事かというような顔でこちらを眺めてくる。

中でも真尋は、間に挟まれている椎名に驚いたような表情となった。

真尋と同じグループの男子生徒がすぐ近くの誰かから経過を聞いたようで、真尋や時任に耳打ちするのが見える。

それを聞いた真尋の顔は、何とも判じがたいものだった。本当に他人事《ひとごと》のように淡々と、横目でただ椎名とその周囲の女子達を見ている。

椎名はそれに向かってわずかに肩をすくめてみせたが、真尋は何とも反応しなかった。

そんな真尋の無反応に、椎名は目の前で争っている二人のことなど、本当にどうでもよくなる。

どっちも面倒で、いちいち自分などを理由に争われるのもうるさい。

むしろ、今気がかりなのは、冷めた目でこちらを見ている真尋が何を考えているかだった。

「…悪い」

椎名はぼそりと呟《つぶや》く。

「俺…、長谷さんも山戸田さんも、どっちも本気でつきあってると思ってなかったわ」

「…え？」

「何言ってるの？」

真尋の方を眺めたまま言い切る椎名に、女の子達の面食らったような声が上がる。いまだに自分の腕をつかんでいる山戸田の指を外すと、椎名はまっすぐに真尋の方へと向かった。

「ちょっと椎名君？」

椎名は甲高い長谷の声を無視して、真尋が腰かけたテーブルの前まで行く。

真尋を交えたグループが皆、驚いた顔を見せる。

椎名は眼鏡越し、わずかに眉《まゆ》を寄せて自分を見上げてくる真尋の前に両膝《りょうひざ》をついた。

「ごめんなさい」

女達の修羅場を放っておいて、いきなり真尋の前で土下座をしてみせた椎名に、周囲がど
よつく。

信じられないだの、橘真尋？…だのといった声が聞こえたが、椎名はそのままじっと頭を
下げておく。

「…立ってくれないか？」

いつもより低い真尋の声が、少し気分を害したように響く。

普段、人目を避けるように避けるようにと動いているのに、今さらこんな派手な椎名のパ

フォーマンスで人目に晒《さら》されるのは、確かに気分も悪いだろう。

「君…、プライドないの？」

不機嫌そうな真尋の声が、冷ややかに尋ねてくる。

ちょっとゾッとするような、冷たい声だ。本当に見下されたのではないかと、背筋が冷える。

椎名だって、土下座などしたのは初めてだ。

でも、さっき騒いでいた女の子達はどうでもよかったが、真尋にだけはちゃんと頭を下げておきたかった。

「真尋さんの前だと、ないです」

周囲がざわついているのはわかるが、さすがに天下の橘真尋を前に、冷やかしたりするわけにもいかず、さっきより控えめに経緯を見守っているようだった。

こういう時、他人と不用意に馴《な》れ合わない真尋の性格や立ち位置はありがたかった。

場を収めるのに利用したといわれれば身も蓋《ふた》もないが、ちゃんと詫《わ》びておきたいのも確かだ。

床に頭がつく状況でも、真尋がひとつ、自分の頭の上で大きな溜息《ためいき》をつくのがわかる。

「…立ってくれない？」

真尋の声が少しやわらいだ。

「格好悪いよ?」

わずかに笑みを含んだ真尋の声に、椎名は顔を上げ、ちょっと悪戯《いたずら》っぽい目を向ける。

「許してくれる?」

「許すも許さないもないから、立って」

真尋が言うのに、ようやく椎名は立ち上がり、手と膝とを払った。

呆気にとられたようにこちらを眺めている女の子のグループに、座ったままの真尋が小さく手を振ってみせる。

長谷と山戸田が、信じられないというように互いの顔を見合わせている。

さすがに真尋に向かって、さっきまでのようにギャンギャンと嚙《か》みつくわけにはいかないのだろう。

何あれ、意味わかんないなどという言葉はちらっと聞こえたが、なんとなく毒気を抜かれたように、言葉をなくした二つのグループがテーブルに座り直している。

「こっちにお尻《しり》持ち込むなんて、ひどくない?」

真尋の柔らかい声が椎名を責めた。目は少し笑っている。

「真尋さんなら、助けてくれるかと思った」

「自業自得でしょ? 罰として、このテーブル全員分のコーヒー奢《おご》ってよ」

頰杖《ほおづえ》をついた真尋の声にテーブルの面々を見ると、半ばは呆《あき》れ、半ばは失笑したような目が椎名に集まる。真尋の隣の時任は、呆れたような目を向けているひとりだった。

ゴミでも見るような目に反感を覚えたが、今の椎名の立場では仕方がない。みっともないことでは、さっき喧嘩していた女子以上だからだ。

「ミルクと砂糖は？」

声を掛けると、砂糖なしだとか、ブラックでという答えが次々と返る。

注文を復唱し、椎名がコーヒーの自販機に向かう頃には、すでにさっきの食堂中の注目は解けていた。

コーヒーの注文は、椎名を周囲の注目から逃がすためのやさしい罰だったのだとわかる。

「ありがと、真尋さん」

椎名が笑いかけると、真尋は甘い上目遣いで笑った。

「貸しだからね」

「了解」

答える椎名の耳に、時任の聞こえよがしの溜息が耳に入った。

「自分の不始末まで、人にカタつけてもらわねーと収まらないのかよ。みっともねーな」

時任の怒りはもっともなので、すみません、と椎名は頭を下げた。

時任はただただ不愉快そうにそっぽを向いていた。

Ⅱ

数日後の火曜の夕刻、椎名はバイト帰りに真尋と区の図書館で待ち合わせた。

閉館前、珍しく少し遅れてきた真尋は人目につくのを嫌ったのか、外を指差して先に立って出てゆく。

真尋に迷惑をかけた自覚のある椎名は、その後を慌てて追った。

「ごめん、真尋さん、怒ってる？」

肩を並べてその顔を覗《のぞ》き込むと、真尋は唇の両端を笑みの形に作ってみせた。

「別に怒ってないよ」

「…えっと、怒ってくれた方がいいんだけど…」

「怒る理由がないよね？」

さらりとした声は取りつく島もないというよりも、捉《とら》えどころがないという印象で、この間以上に胸の奥がひやりと冷える。

お詫びに食事を奢らせてほしいと言った椎名の返事に、真尋が普通に応じてくれたので許されたのかと勝手に思っていた。

椎名の浅はかな下心や計算など、真尋の自分に無関心とも取れる反応に、いとも簡単に瓦《が》解《かい》してゆく。

「真尋さん、これ」

椎名は取りだしたスマートフォンを真尋の前に差し出した。

「…何？」

椎名の意図がわからなかったようで、真尋は不思議そうな顔を作る。

「これ、俺の持ってる携帯の番号やアドレスとか。真尋さんが不愉快に思うようなの、全部消してもらっていいから」

「消しても…って？」

「いや…、この間みたいな長谷さんとか、山戸田さんとか…、なんか怪しいんじゃないかって思った女子のアドレスとか、全部消してくれていいから」

差し出したスマートフォンを、逆に押し戻された。

「別にそういうことがしたいわけじゃないし、消したいなら自分の責任で消して。人のアドレス帳の中身、勝手に見たり消したりしたいわけじゃないから」

真尋は初めて不愉快そうな顔を見せる。

「ごめん、気分悪くしたら。俺、こういう時のうまい謝り方とかわからなくて…」

言いながら、椎名は自分の言い分に腹が立ってきて口の中で小さく舌打ちし、再度、ごめんと呟《つぶや》いた。

「どうしたら、許してくれる？」

「だから、許すとか、許さないとかの意味がわからない」

淡々とした真尋の声に、椎名は逆に本気で怖くなってきた。

誰かを怒らせたと思って、肝が冷えたのは初めてだ。本当に背中に冷や汗のような嫌な汗が浮いてくる。

「俺の顔も見たくない…とか？」

「そう思ってたら、ここに来てないけど。…ああ、時間に遅れたのはごめんね。電車一本、乗り損なっちゃって」

「…本当に怒ってない？」

「どうしてそんなに、僕が怒ってるかどうか気にするの？」

整備された図書館脇の遊歩道で、足を止めた真尋は小さく首をかしげる。演技などではなく、本気で理解できないように見えるのが怖い。

「…いや、俺、なんか無責任な真似《まね》しちゃったし、この間は真尋さんに恥かかせたっていうか、必要以上に悪目立ちさせちゃったし…」

「大学入った時にも、何回か下手《へた》に注目集めちゃったことがあるから、もう馴《な》れてる」

そんな真尋の言い分を、どこか悲しく思う。同時に真尋の過去に妬《や》ける。

誰かの反応やこれまでの過去について、こんなふうにあれこれ考えるのは初めてで、椎名は混乱した。

「じゃあ、女関係は俺で整理つけるから、信じてくれる?」

「整理つけなきゃいけないほど、乱れてるの?」

嫌味を言っているつもりはなさそうだが、椎名の弱みを的確に言葉で穿《うが》ってくるのは、真尋の頭のよさもあるのだろうか。

それとも、惚れた弱みもあるのか…、そう思いかけて、椎名はあらためて真尋に考えていた以上に入れ込んでいる自分に気づいた。

あんな不様なところを見られておいてだ。

もっと早くに整理をつけていれば、この間のような失態にはならなかったのだろうか。それとも、いずれは痛い目を見たのだろうか。

それにしてもいったいいつから…? こんなにまで真尋に…、などと椎名はまた自分の狼《ろう》狽《ばい》ぶりに困惑する。

「…乱れてるっていうか、…ごめん、これまであんまり真面目《まじめ》に考えたことなかったから…、真尋さんには信じて欲しいんだけど。ごめん、ちょっと俺…」

何と言ったものかと髪を何度もかき乱しながら口ごもると、真尋は小さく笑って先に歩き出す。

「格好悪いよ、吉見君。だから、もう行こうよ。ご飯、奢ってくれるって言ったよ?」

「あ、それは奢る…って言っても、焼き鳥屋なんだけど。でも、けっこう美味《おい》しいところ。

食べてみてほしいんだよ」

何かうまくはぐらかされたのかなと思いながら、椎名は真尋と肩を並べる。それとも逆に、フォローしてもらったのだろうか。

「俺の部屋の近くなんだけど、ちゃんと家まで送るから」

「飲酒運転になるでしょ？　自分で帰るからいいよ」

「今日は俺、飲まないようにするから。真尋さん、飲んで。ね？」

ここまで必死に誰かの機嫌を取ろうとしたことなどない。それでも真尋の気を引きたくて、椎名は真尋の顔を覗き込むようにして笑った。


「真尋さん、これ、冷たいお茶。なんかスポーツ飲料とかドリンク剤の方がいいなら、買ってくるけど」

椎名は自分の部屋のダイニングテーブルで、少し酔ったような顔でぼうっと座り込んでいる真尋にグラスに注いだお茶を差し出す。

「ありがとう、お茶でいい」

「真尋さんでも飲みすぎるんだね」

その前に座りながら、椎名は頬のあたりを薄く上気させている真尋に見とれる。

年上なので酒の節度は自分よりわきまえているだろう。性格も節制が効いているし、その分、こんな風に酔った様子を見せるのは珍しい。

「うん、あんまり強くないのかも。あんなに梅酒揃えてあるところって、行ったことなくて。美味しいもんだよね。つい、飲みすぎちゃった」

真尋は唇の端で少しだけ笑う。

最後はブランデーベースの梅酒をロックで飲んでいたせいだろう。いつもより素直な感じの笑いをよく洩《も》らすので、酔っているのだろうなと思ったが止めなかった。妙な下心というよりも、飾り気のない真尋の表情はあまり見たことがなくて、嬉《うれ》しかったからだ。

椎名は宣言通り、最初にノンアルコールのカクテルを頼んだだけで、あとはアイスのジャスミンティーにした。真尋の飲んだ梅酒四種類は、舐めさせてもらうだけにとどめた。

本当に店を出たら家まで送るつもりだったが、逆に真尋の足許が若干危うくて、すぐにバイクの後ろに乗せるのは危なっかしかった。

酔いが引くまでと、部屋に誘ったのは椎名の方だ。

たまに女の子がこの手を使って椎名の部屋で休みたいということはあるが、基本的に部屋には上げない。あまり部屋壁が厚くないせいで隣に音も抜けるし、名前がそこそこ売れてきたのもあって、軽く遊んだだけの相手に家を知られると面倒の方が多いからだ。

だが、真尋はむしろ、来てくれるというならファミレスなどの安っぽくて人目につくような場所よりも、部屋でゆっくりと酔い覚ましをして欲しかった。

「真尋さん、薬とかはいい？　頭痛薬と胃薬ならあるよ」

椎名はこめかみのあたりを手で押さえ、ぼうっとしたような様子を見せる真尋に声をかける。

「いや、薬はいいよ。ちょっと眠いだけ。もう少ししたら、落ち着くかな」

「どうだろ？　あんまりきれいな部屋じゃないけど、泊まってく？」

この間のことがあったばかりだし、真尋は応じないかと思った。そのせいもあって、今日はちゃんと家まで送ろうと酒を自重もしたぐらいだ。

真尋は酔いの中でわずかに考える様子を見せたが、電話するね…、と携帯を取り出した。

しばらくの呼び出し音のあと、若い女が応じるのが聞こえた。

「姉さん？」

『うん、何？』

あの人気キャスターの橘かおる本人に電話したのかと、椎名は驚く。

確かに時間的には橘かおるが担当するニュース帯は終わっているが…、と時計をちらりと盗み見て思った。

しかも、声が通るせいなのか、けっこうはっきりとかおるの答える内容が聞こえてくる。

慎重な真尋には珍しく、いつもより警戒心などが低くなっているのか、わずかに横を向いただけでそのまま話を続ける。

携帯の声がそこまではっきり抜けるとは思っていないのかもしれない。

「お母さんは?」

『今日も遅いんじゃない? カレンダーにはドラマの撮影って書いてあったから、下手すれば明け方近くまで帰ってこないかもね』

そう、と真尋は呟いたあと尋ねた。

「今日、広也《ひろや》のところに泊まっていい?」

あいつか…、と椎名は内心舌打ちしながら真尋の横顔から目を逸《そ》らし、タオルなどを用意する振りで隣室に移る。

もっとも、幼馴染《おさななじ》みであり、従兄弟《いとこ》でもあるというので、偽装相手としては一番無理がないのかもしれない。

『ヒロ君のとこ?』

「うん」

椎名がタオルや寝間着になりそうなTシャツなどを取りだしていると、ワンテンポ置いてかおるの突きはなしたような声が響いた。

『嘘《うそ》ばっかり』

「…嘘って」

のっけから否定され、多少の後ろめたさを感じたのか、真尋は口ごもる。

それとも、真尋とかおるのやりとりとは、普段からこんなものなのだろうか。

『あんた、嘘つくならもっとうまくつきなさいよね。ヒロ君のところに泊まるのに、今日言って今日っていうのはないでしょ』

確かに姉の言い分はもっともなのか、真尋は否定も肯定もせずに小さく笑う。

『いいけど、無責任な真似はしないでよ』

「無責任？」

『避妊ぐらいちゃんとしなさいよっていう話』

見た目、育ちと頭のいいお嬢さんっぽいあの橘かおるが、予想外にダイレクトな言いまわしをすることに椎名は驚き、横目に真尋の方を盗み見た。

「そういうのじゃないんだけど…」

曖昧《あいまい》に言葉を濁す真尋の表情は見えない。

『まぁ、いいわよ。お母さんには黙っといてあげる』

「うん、ごめんね」

『…それ、ヒロ君も片棒かついでんの？』

「片棒？」

『知ってて「俺のところに泊まってることにすればいい」みたいなこと言ったの？』

「いいや、広也には何も言ってないよ。何も知らない」

『そう』

橘かおると時任は何か微妙な関係なのだろうかと、話を洩れ聞く椎名は思う。

「広也は姉さんには嘘つかないよ」

『でも、本当のことも言わないわよね？』

「何か言って欲しいことがあるなら、本人に直接そう言えばいいじゃない」

『そんなこと、言われなくても自分から言いに来るのが男ってもんでしょう⁉』

「じゃあ、姉さんがそう言ってたって広也に言っとく」

『よけいな真似しないで！』

ずいぶんはっきりと言い切ると、かおるから電話を切ったようだ。

「お姉さん？」

椎名はタオルを差し出しながら、尋ねてみた。

「うん」

「いつもこうやって、外泊の時には電話するの？」

「うちは母親が夜遅いことが多かったし、父親はもう家出てるしさ、そんな時に片方がいつまでも帰ってこないと心配するでしょ。だから、昔から常に居場所は言っとくのが暗黙のルールみたいになってる」

「そうなんだ」

椎名は洗面所の棚を開き、予備の歯ブラシを出す。

「仲いいね」

「うん、わりにいい方じゃないかなと思う。でも、姉さんがテレビ局受けたのとかは全然知らなかったよ」

「あ、あの話って本当なんだ。橘かおるは採用通知もらうまで、両親や真尋さんのことはいっさい言わなかったっていうの」

「うん、本当らしいよ。もしかしたら、履歴書で向う側が知ってたかもしれないけど、採用試験の時には全然尋ねられなかったって」

椎名は真尋の前にバスルームの扉を開きながら、シャンプーやリンス、ボディシャンプーなどと、ざっくり説明する。

「吉見《よしみ》君、先に入ってよ」

「真尋さんは？　別に遠慮しなくていいよ。今日は俺もおとなしくしてるし」

「うん、ありがたいんだけど、まだ脚とか、ふらふらしてるから」

真尋がそう言うなら、確かに酔いが残っているのかもしれないと、椎名は先に風呂を使う。

「真尋さん、お先に」

濡れた髪を拭きながらリビングに顔を出すと、寝室でテレビを見ていた真尋がころりとべッドの上に横になっている。

椎名の普段使いのガーゼケットを抱くようにして、身体を丸めて眠る姿はずいぶん可愛い。寝る時には身体を丸める人なんだろうかと、椎名はその頰に小さくキスをしてみる。

起こさないように目一杯気を遣ったつもりだったが、真尋は薄く瞼《まぶた》を開け、また閉じてしまう。

この前、旅館で初めて真尋を抱いた時もそうだったが、こんなにひとりの人間に夢中になったのは初めてだ。そして、誰かの寝顔をこんなに可愛いと思ったのは、初めてだった。

「…おやすみ、真尋さん」

椎名はその顔を覗き込むようにして呟くと、ベッドを真尋に譲り、自分は床の上で予備のタオルケットを引きかぶって眠った。


明け方、椎名はふと目を覚ました。おそらくカーペットの上に直接横になって寝たせいで、眠りが浅かったのだろう。

なんでこんなところで寝ているのだと思いかけた椎名は、すぐにベッドの上の真尋の規則正しい寝息に気づいた。

あ…、と椎名は身を起こす。

アルコールも入っていたことだし、ちゃんと眠れているのだろうかと思ったが、カーテンの隙間《すきま》から入る柔らかな光の中、真尋は驚くほどに綺麗な顔で眠っていた。

色は白く、肌は薄く、やはり驚くほどにきめ細かい。

すごいな…、と椎名はしばらくその寝顔に見入った。

本当にドラマや映画の中で見るように、綺麗な寝顔だ。眠りの森の美女ならぬ、眠りの森の王子さまみたいだな…、と見とれていた椎名は、ふと思いついて充電台の上のスマホを手に取った。

スピーカー部分を強く指先で押さえ、眠っている真尋を起こさないように、そっとその寝顔を撮ってみる。

すげぇ、趣味悪いかもしれないけど…、と椎名は写真をこっそり眺める。自分が写真を盗み撮りする側に回る日が来るとは思いもしなかった。

だが、写真を見ているだけで、こちらまでずいぶん幸せな気分になる。

絶対に大事に、宝物にしよう…、椎名は本当にこれまでの自分の柄でもない気持ちに照れながら、手にしたスマホをそっと充電台に戻した。

こんなに誰かを可愛いと思ったことは、これまでない。こんなに大事にしたいと思ったこともない。再び真尋の寝顔を満ち足りた想いで見つめる椎名は、どうしてこれまで…、と考えかけた瞬間、真尋に声をかける理由となった大友との賭けを思い出した。

その瞬間、胸の奥に嫌な黒い染みがふっと湧いたような気持ちになる。

『森伊蔵』、三万って言ってたっけ…、と椎名は唇を噛んだ。

三万払っても、偽物が横行していて、本物が手に入る保証はどこにもないという話だった。

たとえ、その二倍、三倍と払っても…、と椎名は真尋の寝顔に目をあてながら、ひっそりと思った。

大友先輩に詫び入れさせられることになっても、あんな賭けなど、なかったことにしてほしい…、一度、そう頼んでみよう…と。


「ごめん、人の部屋で酔って寝ちゃうなんて…」

信じられない…、と真尋は朝食のサンドイッチを前に、さかんに申し訳ながっている。真尋が好きだと言ってくれたから、今朝も椎名が開店直後に買いに行ったばかりのものだ。

「え、平気だよ。全然、気にしてないし」

ミルク多めにしたよ…、と真尋の前にカプチーノを置きながら、椎名は笑う。

これでこの間の椎名の女性関係を少しは許してもらえるというなら、逆に嬉しいぐらいだった。朝、真尋が自分の前で朝食を取ってくれるのも嬉しい。

「いや、本当に申し訳なくって」

最初に考えていた以上に義理堅くて優等生な面を持つ真尋は、大真面目に申し訳ながっているらしい。別に風呂上がりに真尋が寝ていたことなど、失態でも何でもないが、真尋はそうは思っていないようだ。

「えーと…、じゃあ、真尋さんの秘密をひとつ教えてよ」

「…秘密？」

「そう、なんかさ、俺ばっかり格好悪いところ見られてるから、真尋さんのちょっとした失敗とか、これだけは誰にも言ってない秘密とか…、そんなのあったら教えてもらえたらなぁ…って」

真尋の気分を軽くするつもりで言ったつもりだったが、予想外に生真面目な顔で真尋は考え込む。

「…あ、真尋さん、真面目そうだから、そんなのないか。こっそりデベソとか、実は逆上がりができないとかだったら面白いなって思っただけで…、デベソじゃないのは俺が知ってるしなぁ」

カプチーノに口をつけながら軽口を叩く椎名を、真尋は思いの外、真剣な目で見つめてくる。

「誰にも言わない？」

「…それって、約束？」

「そう、約束できる？」

あれ、本気で教えてくれるのかな？……、と冗談のつもりだった椎名は、自分も表情を引き締め直す。

「そりゃ、もちろん」

真尋はパテのサンドイッチを前に、しばらく目を伏せがちに、どこか照れたような表情を見せる。

「…少し、恥ずかしいな」

「何？　照れるようなこと？」

「照れるっていうか、これまでほとんど誰にも言ってなかったから」

「誰にも？」

「うん、言ってないな」

「時任さんにも？」

「広也？　広也は知ってるよ。つきあい長いし」

「そうだね」

椎名が口ごもった理由が、真尋には理解できないようだった。

「何？」

「うん、ちょっと妬《や》けるなって」

「妬くって…、広也はそういうのは全然。兄弟みたいなもんだし」

「いいよ。俺、真尋さん、信じてるから」

そう言われ、真尋はにっこりと唇の両端を吊り上げる。

「僕はあまり椎名君のこと、信用してないけどね」

「…あー、ごめんなさい」

真尋は首を横に振ったあと、尋ねてきた。

「今度、水曜日の午後、時間ある?」

「水曜は空いてるけど」

確かバイトの撮りも入っていなかったと、椎名は頷く。

「じゃあ、少しつきあって」

真尋からこういう風に切り出されるのは初めてで、椎名は思わずつり込まれるように頷いていた。

Ⅲ

水曜の午後、真尋も午前は大学に出ているというので、椎名はバイクで大学に乗りつけた。

最初は待ち合わせに駅を指定されたが、自分と真尋が一緒に電車で行くと目立つし、バイクで行った方が電車を乗り継ぐよりも早く着く。

真尋が向かうように指示したのは、普通電車しか停《と》まらないローカル駅だった。椎名自身はこれまで降りたことがなかったが、緑の多い落ち着いた街並みで、都内でもかなり静かな住宅地だった。

駅からはほとんど一本道で、大きな木の植わった公園の隣にその施設は設けられていた。洋館風の二階建ての建物だが、やや年季が入っている。少なくとも、真尋や椎名が生まれるよりも前、昭和の中頃に建てられたものだろう。しかし、掃除も行き届き、丁寧に使われている様子が窺《うかが》えた。

速度を落とし、門の中へ入る時、視力障害を持つ児童のための施設であることが、門に掛けられた施設名でわかった。

いったいこんな場所にどんな用があるのかと、これまで自分の人生ではまったくかかわりのなかった施設名に驚きながら、バイクを停めた椎名は真尋を降ろし、ヘルメットを取った。

「真尋さん、ここ？」

「そう、ありがとう。ここなんだ」

真尋もヘルメットを取ると、慣れた様子で、こっち…、とミントグリーンに塗られた両開きの扉へと向かう。

「俺も行っていいのかな？」

「いいよ、大学の後輩を連れていくって言ってあるから」

「じゃあ…」

場所が場所なだけに、いつものように軽率な態度も取れず、椎名は顔をかなり引き締めて真尋に続いた。

磨りガラスのはまった大きなドアをくぐると、澄んだドアベルの音が響く。

「まぁちゃ？」

幼い子供の声に振り向くと、小さな一、二歳ほどの髪に赤いうさぎのリボンゴムをつけた女の子が首をかしげるようにしていた。さらにその女の子の手を、小学校低学年ぐらいの女の子が握っている。

二人共、あどけなくて可愛らしい雰囲気だが、視線がこちらを向いていない。むしろ、耳を澄ましているような雰囲気がある。

「はい、真尋お兄さんです」

笑顔で応える真尋に、女の子二人はわっと嬉しそうな顔を見せて寄ってくる。

その途中で、年上の女の子が不思議そうに足を止めた。

「誰かいる？」

そのあまりの勘のよさに、椎名は驚く。まっすぐにこちらを見ているわけではないが、女の子はじっと真尋の後ろの椎名の存在に意識を凝らしているのがわかった。

「そう、僕のお友達を今日は連れてきたよ。一緒にお話《はなし》を聞いてもらうんだ」

真尋の紹介に、椎名は一応、愛想のよい笑顔を作った。

「こんにちは、椎名です」

目一杯愛想よく挨拶《あいさつ》したつもりだったが、女の子はどこか緊張したような顔で、こんにちは…、と蚊の鳴くような小さな声で応えただけだった。手をつながれた小さな女の子の方は、さらにぽかんとした様子を見せている。

「大丈夫、やさしいお兄さんだよ。背が高くて力があるから、ユウミちゃんも肩車してもらえるよ」

膝をついた真尋の言葉に、女の子はまだじっと考える様子を見せる。

「…お顔、見ていい？」

一瞬、見えるのか…、と疑問に思ったが、真尋に笑顔で促される。

「ごめん、吉見君、座ってあげてくれる？　で、よかったら、顔に触らせてあげて」

「こう…ですか？」

真尋のするように床に膝をつくと、ユウミは距離を探るように近づいてくる。それが危なっかしい気がして、椎名は思わず手を伸ばしてその手を取った。

「…ありがと」

礼を言う女の子の手を、どうぞ…、とさらに自分の頬近くまで引き寄せて促す。

　ユウミは迷う様子を見せたが、促されるままに頬、鼻筋、そして額、頬を辿ってさらに唇、顎…、と順々になぞってゆく。

「まひろちゃんほどじゃないけど、綺麗な顔ね」

　ひと通りなぞり終えると、ユウミはいっぱしの顔で、ありがとう…、と頷く。

「ユウミちゃん、吉見君みたいな顔はかっこいいっていうんだよ」

「かっこいいの？」

「そう、王子さまみたいにね」

　真尋の言葉に、ユウミは重々しく頷き、再び、椎名の顔へと手を伸ばしてきた。

「確かにお鼻がすごく高くて、まっすぐ。お目々は少し端が下がってるのね。そう…、王子さまって、こんな顔なのね」

　納得したような様子を見せるユウミに、真尋さん…、と椎名は咎《とが》める。真尋は楽しそうに笑っていた。

「あ、橘さん、来てくれたの？」

　そこへ施設の職員が、受付窓から声をかけてくる。

「はい、この間話した大学の後輩…、友達かな…、も一緒です」

「こんにちは、初めまして。椎名です」

　穏やかな物腰の中年女性ににこやかに挨拶され、椎名は自分の中で目一杯、行儀のよい礼と挨拶とを返した。真尋がどういうふうに説明しているかは知らないが、大学の後輩だの、友達だのという無難な紹介にも異議はない。

「こんにちは、どうぞ。一応、橘さんに言われたとおり、多目的室に椅子を用意しときましたから」

女性職員に促され、椎名は真尋と共に多目的室に向かう。真尋は小さい方の女の子を抱き、椎名は真尋に促されてユウミを肩車して、多目的室に向かった。

途中でわらわらと子供が群がってくるのを、真尋が適当にいなして手をつないだり、声をかけたりしながら歩く。施設の名前通り、どの子も視力障害があるようだった。しかし、ユウミと同じく、皆、まるで建物内が見えているかのように歩く。そして、どの子も真尋をずいぶん慕っているというのがわかった。

水曜日の午後は予定があると言っていたが、この親しまれようなら、真尋はずっとここに来ていたのだろうか、と椎名はいつもより明るくにこやかに子供に応じる真尋の横顔を見る。

建物の奥にある多目的室はその名の通り、窓を大きく取った、少し広めの絨毯《じゅうたん》の敷かれた部屋だ。会議や打ち合わせなどに使えそうな部屋だった。

そこに真尋は手慣れた様子で子供達を誘導し、半円形に座らせる。いつのまにか現れていた白髪交じりの髪を後ろでまとめた年輩の女性職員が、椎名を後ろの席に促してくれた。

「こんにちは、副園長の青木《あおき》です」

温厚な笑顔で挨拶をされ、椎名も頭を下げ返す。

「初めまして、橘先輩の大学の後輩になる椎名です。橘先輩は、いつもここで？」

「ええ、高校の頃から毎週読み聞かせのボランティアで来てくれてるから、けっこう長いですね。橘君、お話が本当に上手で、子供達がとても楽しみにしてるんです。こんな読み聞かせに興味をなくしてしまうことの多い、小学校高学年から中学の子まで、ちゃんと待ってるんですよ」

確かに副園長の言葉通り、かなり年上の子供までおとなしく輪になって座っている。

「子供は正直ですからね、楽しくなかったら、毎週おとなしく話なんて聞かない。それだけ、橘君は子供の心をうまくつかむんでしょうね」

「あの子達、真尋さんのこと…」

口ごもる椎名の言おうとしたことを、副園長は巧みに読み取ったようだった。

「もちろん、知りません。橘君がここに来てくれたのは芸能界を引退したあとだったし、小さい子供達の中には、橘君が来てくれるようになったあとに生まれた子達も多いです」

そうだとすると、まったく純然たるボランティアなのだなと、椎名は子供達に明るく話しかけている真尋を見る。

用意されたパイプ椅子《いす》に腰かけた真尋は、膝の上に数冊の児童向けの本を置いていた。

あ…、と椎名はその児童書に心当たる。以前、美術館で真尋の鞄の中に入っていたマザーグースの絵本、あれもこんな読み聞かせのための資料だったのだろう。

真尋はまず、幼児向けの絵本から読み始めた。地文は普段の聞き取りやすい穏やかな声で、登場人物のセリフには大げさにならないほどの感情を乗せて。だが、芝居がかっているわけでもないのに、話の中の登場人物達の言葉は、真尋にかかるととても生き生きとここにいるかのように聞こえた。

真尋は時折、絵本の中の情景を地文とは別に、さらりと折り込んで話す。それは絵を見ることの出来ない子供達への、真尋なりの配慮なのだろう。だが、長々とくどく説明するわけではない。端的に、その絵の特徴を興味深く話してみせる。

単純でわかりやすい、そして大人にとっては単純すぎるほどの子供向けの本なのに、椎名も思わず真尋の読み聞かせに聞き入ってしまっていた。

幼児向けの本が終わると、真尋は次に小学校低学年向けらしき絵本を取りだした。絵本を少し掲げるようにして、子供達に本のあらましを話して聞かせている。膝の上の残りの一冊は、おそらく高学年向けのものなのか。

「…すごいですね」

思わず呟いた椎名に、副園長は笑顔で頷《うなず》いた。

「これが上級生向けの難しいお話になっても、小さい子供は最後までちゃんと聞いてるんですよ。意味がわからなくても、聞いていたい…、あんな小さな子供にまでそう思わせるほどの魅力があるんでしょうね。途中、誰かがぐずっても、橘君はあやすのもうまいですしね。膝の上に抱っこして、そのまま話を続けてくれると、いつのまにかぐずっていた子供もじっと聞き入っています。私たちが手を貸すことは、ほとんどないんです」

そこそこ人生を順当に生きてきたが、ボランティア精神とはほど遠く、ちゃらけて軽い生き方をしてきた椎名には、信じられないという思いと同時に、これまで考えたことのなかった感動がじわじわと起きてくる。

低学年向けの本は、読み終わるまでに十分ほどかかった。高学年向けの冒険譚《たん》は、本の途中の章からだった。厚みのあるハードカバーの本なので、章単位で読み聞かせているらしい。真尋の配慮で、読むまでにこれまでのあらましがざっと説明される。途中、子供達に○○はどうしたんだっけ？…、と語りかけ、飽きさせない趣向も凝らしてある。

語り口調は、込み入った話であるだけ、より生き生きと、まるで目の前にその世界が広がっているかのようだった。

つり込まれて話を聞いている椎名も、真尋がきちんと下準備をしてこの読み聞かせに臨んでいるんだろうことは、十分にわかる。そして、アニメや3Dに慣れきった今となっても、話者の語りかけだけで成り立つ話が、これほどまで鮮明に頭の中で物語世界を展開させることにも驚いた。

むろん、健常者として今まで普通に色んなものを見聞きしてきた椎名と、物語の中の大海原やそびえ立つような山、一面に広がる花畑などを実際に目で見て確かめることの出来ない子供達では受け取り方が違うだろう。

それでも、子供にとっては真尋が語り聞かせる世界は、彼らの世界を照らす光なのだろうか、そうあって欲しい…、真尋の読み聞かせが終わる頃、椎名はそう思っていた。

「じゃあ、今日のお話はここでおしまい。ライオンと共に町を出たユリユース王子には、次に何が起こるのか、誰と出会うのか…、それを今度はお話ししようね」

真尋が笑顔で本を閉じると、子供達がわらわらと真尋に群れる。抱っこをせがむ子供、もう一度、絵本を読んでと頼む子供、手を引く子供、その引いた手や頬にキスをする子供。芸能人だと知られずとも、真尋はずいぶん人気がある。キスをするのは、もっぱら小学校に入るぐらいまでの歳の子供だ。感謝を込めたものなのか、愛情を込めたものなのか、小さな子供の愛情表現というのはとても素直なものだ。

見ているだけで、椎名も胸の奥が温かくなる。そんな純粋な感動は、もうずいぶん長い間忘れていた気がした。

「ごめん、お待たせ」

本を抱えて真尋が寄ってくる。わらわらと子供達も一緒に、多目的室の後ろで待っていた椎名のもとへとやってくる。

「いえ、全然。真尋さん、すごい人気だから」

これが真尋の秘密なのかと、椎名は真尋が打ち明けてくれたことに感謝と感動を覚えながら、椎名は不思議そうに自分の声にまで耳を傾けている子供の頭を撫でてやった。

そこから玄関まで見送る子供達に見送られ、バイバイと手を振って建物の外へと出る。

椎名はヘルメットを手に取りながら、ふと尋ねてみた。

「ここって…、時任さんとかは一緒に読み聞かせされないんですか？」

こんなことを尋ねる自分はずいぶん器が小さいんだろうなと思いながらも、半端な覚悟で長くやれるものでもないので、共にボランティアをしているのかと尋ねてみる。

「ずいぶん、広也を気にするね」

まるでそんな椎名の気持ちを見越しているかのように、真尋が笑う。

「いや…、すみません。真尋さんがここに来てること知ってるのなら、一緒にボランティアされないのかなって」

「広也は広也で、学費を自分で稼いでるから、それなりに忙しいんだよ。広也は司法試験目指してるしね」

「学費、自分で稼がれてるんですか？　なんか、大きな製菓メーカーの御曹司《おんぞうし》だって聞きましたけど」

「そうだけど、時任の家はかなり厳しいよ。もともと、法学部に来ること自体、おうちは反対だったからね」

「法学部を嫌がる家ってあるんだ…」

へぇ…、と椎名は声を呑む。M大法学部と言えば、医学部と並んで学力的に非常に難易度が高い。むろん、椎名にはそれほどの学力はなかったからこその今の学部だ。医学部は頭脳に加えて実家の経済力も必要だという話だが、そうなってくると全然話の次元が違う。

「でも、だったら真尋さんだって忙しいんじゃ…」

「僕は無趣味だから、逆にこうして子供達が待ってくれてると思うと頑張っちゃっただけ」

そう言うと、真尋は目を伏せた。

「…自己満足かもしれないって思ってた」

「自己満足？　どうして？」

椎名は目を丸くする。

チャラい自覚のある自分でも、今日は何だか真尋の魅力的な語り口のせいか、真尋に無条件で懐いた子供達のせいか、心が洗われるような気がした。ボランティアなど、これまで考えてみたこともなかったが、自分にも何か出来ることがあるだろうか、せめて真尋の手伝いぐらいは…、と考える。

「あと、本を読む時って、どこかでやっぱり演技してるんだ。演技っていうか、物語を紡ぎ手になるっていうのかな。それが嬉しかったのかも…。『橘真尋』を知らない子供達が、先入観なしにそれを聞いてくれるのが…」

お話のお兄さん役ができるのがよかったのかも…、と真尋は呟く。

「俺はあんなに真尋さんみたいに魅力的には全然話せないけど、自分にできること、何か探してみようと思ったよ。それって、すごいさ…」

言いかけて、椎名は照れる。

「うん、なんか、すごい真尋さんのこと、尊敬した。こういうのをずっと長いこと、こつこつさ…誰にも言わずに続けてくのってすごいよ。俺なんか、ゴミ拾いひとつ、満足にしたことないよ。中学の街角クリーン作戦の時は、嫌々参加してたかなぁ。あれは全校生徒、強制参加だったし…。俺にもできること、何か探してみようかなって」

遅いかもしれないけど…、と椎名はつけ足す。

「そんなことないよ。よかったら、また来てあげて」

「人前で本読むのなんて、恥ずかしいなぁ。水泳とかなら、教えられるんだけど」

「水泳教えられるだけでも十分じゃない」

ずいぶん弾んだ声で、真尋は珍しく自分から椎名の肩に楽しげに触れてきた。

「そういえば昨日ね、俺が撮りの衣装合わせやってる時に女性誌の記者が来ましたよ」

真尋の家にほど近い公園の入り口で、バイクを停めながら椎名は言った。

「記者？」

借りていたヘルメットを脱ぎながら、椎名の後ろからバイクを降りた真尋は尋ね返してくる。

「『最近、橘真尋さんとよく一緒にいるみたいですけど、新しい恋人ですか？』って」

「恋人？」

「ほら、この間、食堂で真尋さんの前で手ぇついて頭下げたでしょ？　何か、ああいうのって、学生の中にも無責任にマスコミに垂れ込むヤツとかいるみたい。俺が真尋さんに土下座してる格好悪い写真も、なんか全部流れたって」

「僕は別に何もしてないからかまわないけど、君はかまわないの？」

「一応、皆の前で頭下げたから、写真や動画撮られるのも覚悟してた。今はネットで全部拡散しちゃうしね」

「ああ…」

椎名はバイザーを上げ、悪戯《いたずら》っぽい笑いを見せた。

「本当に芸能記者って、図々《ずうずう》しいよね。関係者しか入っちゃいけないところに、いつのまにか入り込んでて、コーディネーターが呆れてた」

椎名の言葉に真尋は苦笑する。

「一応、『よき先輩として、アドバイスもらえたりします。土下座については、ちゃんと謝りたかったことがあったので、頭下げました。でも、頭がよくて真面目で、本当に尊敬できる先輩です』って答えといたんだけど、それでよかった？」

市民の散歩コースともなっている中規模の公園を横切り、真尋を送りながら、椎名は尋ねる。

「模範的でいいと思うけど」

「模範的な答えしても、あの人達、俺の答えた通りに書いてくれるとは限らないしね。土下座するほどの関係って何かって、好き勝手書かれるかも」

椎名は肩をすくめてみせる。

「じゃあ、僕についての散々なゴシップ記事を少しは疑ってくれるのかな？」

どこか突きはなしたような真尋の口ぶりに、椎名は目を丸くする。

「真尋さんの？」

「僕について書かれてる記事、どこまで本気にしてる？」

「えーと…、全部を知ってるわけじゃないけど…」

「ね？　名前が知られるって、そういうものだよ」

真尋はどこか乾いたような笑いを口許に貼りつけた。

貼りつけた…、確かに椎名はその時、真尋の笑顔にそんな印象を受けた。

四章

Ⅰ

「真尋！」

いつものように講義を終えて演習室を出た真尋は、すでに選択講義を終えたのか、廊下を足早に歩いてきた長身の時任に腕をつかまれた。

「広也、どうしたの？」

何か切迫した表情を見せる時任の雰囲気に圧《お》され、真尋は尋ねる。いつもクールなペースを崩《くず》さない時任にしては、珍しい。

「お前さ、あいつに…、椎名になんか写真撮らせたか？」

「写真？」

スマートフォンで何枚か写真を撮ったことはあるが、撮ったのはどれも不自然でない場所でだった。

確かにデート先でのプライベートな写真などはあったが、万が一、誰かに見せられることがあっても、そして、悪意のある誰かに見られることがあっても、困らない程度の写真だ。

椎名は自分もモデルをやっているだけに、写真についてはちゃんと撮る時に承諾を得てくれる。自分が承諾なしに一方的に撮られるのは、あんまりいい気分じゃないからと言っていた。

一瞬口をつぐんだ真尋の表情を早々に読み、時任はたたみかけてくる。

「…撮らせたのか？」

「撮らせたっていっても、どうってことのない写真だよ。海行った時とか、あと、何か食べに行った時とか…、別に誰かに見せられても困らない範囲の…」

嫌な言い方だが、いつか椎名と別れることがあって、自分を売られることがあっても、真尋にとっては瑕疵《かし》とならない写真しか撮っていない。

海外では、多数の女優や歌手との猥褻《わいせつ》写真を不用意にネット上に流出させた男性タレントもいる。一般人でさえ、別れた交際相手の写真をネット上にばらまくような時代だ。

手をつなぐ、腕を組む、キスをする…、よくアイドルが芸能誌にすっぱ抜かれているような写真は、絶対にない。ましてや、それ以上の写真など絶対に言い切れる。

「寝顔は？」

「寝顔？」

ないと言おうとして、真尋は口ごもった。

前に温泉旅館に泊まった時、真尋は迂闊《うかつ》にも夕飯前にうたた寝していた。この間も、椎名の部屋に泊まったばかりだ。

真尋さんの寝顔が可愛かったと嬉しそうにささやいてきた椎名の様子を思い出し、真尋は口許を押さえる。

「…撮られたか？」

真尋の腕をつかんだ時任は声を低める。

信じたくはないけれど…、と真尋は目を伏せ、薄い胸を喘がせた。

「…撮られてるかもしれない」

時任は舌打ちした。

「最低だな、アイツ…」

吐き捨てる時任に、真尋はまだ混乱の中で廊下の窓辺に寄りかかる。

「…吉見君に、確認しないと…。何か間違いかもしれないし…」

「お前さ、何年芸能人やってたの？　何を今さら、頭の悪い女みたいなこと言ってるんだよ？」

眼鏡越し、わずかに身をかがめた時任にすごまれ、真尋は言葉を失い、何度も大きく肩で息をついた
「広也、それ、どこかにすっぱ抜かれた？」

「まだだ。俺のいたサークルの後輩が、橘真尋が寝顔撮らせるの珍しいですね、本当に椎名

とつきあってたんだって、メール送ってきた。同じゼミの女が、他の何人かと一緒に見たって言ってたらしい」

「…どうして？」

「椎名が、サークルの先輩と賭《か》けしてたんだろ？　なんかプレミア焼酎《しょうちゅう》飲み干した詫びに、お前落とすとか言って…」

「…焼酎？」

何が何だか話がまったくわからないが、賭けの代償としてはあまりにお粗末すぎる内容に、真尋は大きく目を見開く。

待て、と時任は携帯を取り出し、メールを確認する。

「『バーニー・ベア』っていうサークル所属の、大友《おおとも》って男。こいつと賭けしたって話だ」

「…誰、それ？」

意図せず震えた真尋の声に、時任は深く息を吐きながら、ぽんぽんと肩の辺りをなだめるように叩《たた》いてくる。

「椎名が所属してる、アウトドアサークルの四年の男みたいだな」

すでに時任は、後輩に肝心な点をすべて確認済みらしい。

誰かに嘘だと言ってほしい。

「確認とるなら、椎名じゃなくてこの男にしろ。写真持ってるなら、お前も訴訟覚悟でこいつを潰《つぶ》せ。その次に椎名だ。うちの車まわすように、手配してあるから。俺はこの男を捕まえて引っ張ってくる」

時任の低く告げる声に、真尋はまだその意味の半分も理解できないままに頷いた。


真尋は、時任の家から正式にまわされてきた黒の送迎車の後部座席に座っていた。

時任はあまり背の高くない男を伴い、通用門から出てくる。それを早々に見つけた時任家の運転手は、外へ出て一礼すると二人の前に車の扉を開けた。

時任は可視率の低いプライバシーガラスのはまったドアから中を覗き込み、真尋に短く声をかけてくる。

「待たせたな」

そして、乗って…、と落ち着かない面持ちの男を振り返る。

おどおどした様子で中を覗き込んだ男に向かい、真尋は冷然とした笑みを作ってみせた。

「こんにちは」

真尋が笑ってみせると、男はうわ…とも、ふぇ…ともつかない声を上げる。

「…本物の橘真尋だ」

時任に同行を求められた時点で話の見当はついていただろうに、たいていの人間が初対面の時にそうするように、大友は真尋の名前を呼び捨てにした。

「お呼び立てして、すみません。乗ってもらえますか？」

赤の他人からフルネームで呼ばれることに馴れっこになっている真尋は、大友を促す。

「…あのっ、…あの、どこへ行くんですか？」

「椎名君が撮ってあなたに見せたっていう写真について、少し話があるんです。僕の肖像権も絡んできますので、専門家を交えてお話しさせてください」

「…専門家？」

「平たく言うと、真尋の肖像権関係いっさいを任されてる弁護士だよ。乗って」

時任は淡々と答えると、ぐいと大友の肩を押す。

弁護士や肖像権と聞いて話の深刻さを悟ったのか、大友は押されるままに真尋に小さく頭を下げ、後部座席に乗った。時任は運転手に代わって外からドアを閉めると、自分は助手席に乗り込む。

車はそのまま、麹町《こうじまち》にある弁護士事務所へと向かう。昔から真尋、そして母親である橘まどかの所属する事務所の顧問である、芸能関係にもよく精通した事務所だった。

事務所の入った大きなビルの前に横付けされた車を降りる時、大友は少し青ざめた顔で焦ったように真尋を見た。

「…あの、俺、何か訴えられることになるんですか？」

「それは今後の話しだいです。今のところは、僕からは何とも申し上げられません」

「あのっ、すみません。俺、本当に何でも協力しますんで！　訴訟とかは、マジで勘弁してください」

「じゃあ、よろしくお願いします」

真尋は頷き、大友に車を降りるように促した。

法律事務所で広い応接室に通され、年配の弁護士と四十代の弁護士二人を前にした時、大友はすでに蒼白《そうはく》になっていた。

「お話はいくらかお伺いしておりますので、先に事実の確認をさせていただきたいと思います」

大友に名刺を渡した二人の弁護士のうち、年配の真尋もよく知った長野《ながの》という弁護士が口を開くのに頷き、真尋は大友の方へと顔を振り向けた。

「大友さん、焼酎の瓶に、椎名君が署名入りで何か書いたって聞いたけど、それ、見せてもらってもいいですか？」

「あ、はいっ」

大友は慌てた手つきで、スマートフォンの画面を操作する。

確かに椎名の字で書かれているらしき文章を眺め、真尋は今にも震え出しそうな手を固く固く握り込んだ。

「真尋？」

無言で画面を見下ろす真尋に、時任が控えめに声をかけてくる。

真尋が携帯を黙って時任に渡すと、時任は画面に一瞬目を落とした後、それを大友に突っ返した。

「…人間として最低だな」

低い時任の言葉に、大友は首を縮めてすみません…、と呟く。

「あと、僕の寝ているところを撮った写真をお持ちだと聞いたんですが、それも見せてもらえますか？」

「はい…、これです」

真尋は画面に目を落とす。

やはり椎名の部屋に泊まった時のものだった。

朝方撮られたものらしい。考えていたほどいかがわしいという雰囲気はなく、ただ無防備に寝ている顔だった。

ただ、それを思わせぶりな言葉と共にばらまかれてしまえば、やはり真尋にとっては何も得になることはない。ネット上に流出したり、芸能誌などに載せられてしまえば、ダメージにしかならない。

「他にもありますか？」

「いえっ、この一枚だけです」

真尋の質問に首を大きく横に振る大友に、若い弁護士が重ねて尋ねる。

「こちらは何人かの間でやりとりされたものですか？　すでに他の何名かと共有されている、あるいは貴方《あなた》のあずかり知らない不特定多数の間にすでに広まっているなどといった可能性はありますか？」

「いやっ、それはどうかわからないんですけど…、僕のこの写真は直接に椎名君からメール使って送られてきたんで」

「メール？」

「ええ、メールツールっていうか、SNSっていうのかな？　多分、送ったのは椎名君じゃなくて、同じサークルの奴じゃないかと思うんですけど」

「どういう意味ですかね？　それはさっき、私がお尋ねした誰かと共有しているっていう意味合いですか？」

「いや、同じサークルの原田《はらだ》君っていう奴なんですけど、多分、椎名君のスマホから勝手に俺のところに画像送信したんじゃないかなって。今って、画像も一瞬で送れちゃうじゃないですか。スマホも椎名君、ロックはかけてあるけど、仲いい奴の指の動きなんてだいたいわかるし。椎名君はあとで気づいたらしくて、慌てて消してくださいって電話してきたんですけど…」

「でも、貴方は消していなかった」

「あー…、そうです、すみません。でも、他の誰にも画像は送ってないです。それはさすがにまずいかなって…」

真尋は時任と目を合わせる。

時任は眼鏡の奥の目を眇《すが》め、信じるなという表情を作る。

「なぁ、大友君、俺のサークルの後輩が、橘真尋が寝顔撮らせたらしいですねってメール送ってきたんだけど。後輩と同じゼミの女の子が君に見せてもらったって、その女の子も名前聞けばちゃんと裏取れるよ」

大友がしまったという顔を見せるのに、若い弁護士がたたみかける。

「さっき、おっしゃってた話と少し違う。ちゃんと本当のこと、お話しいただけてるのかな？」

「すみません、何人かの橘さんのファンの子達には見せました。…その、綺麗だなと思ったし、レアだし」

長野がゆるやかに口を挟む。

「綺麗だ、レアだって、橘さんのファンの方が見れば、写真を当然欲しがるっていうこともあるんじゃないのかな？」

「あ、でも、それは本当に断りました。あの、椎名君が消してくれ、絶対に誰にも見せないでくれって言ってきたので…」

「それは貴方、今後、誰のところからも一枚も流出する可能性はないと言いきれるんですかね？」

「流出はないと思います。渡してはいないです。…確かに何人かに見せちゃったですけど」

長野はしばらく瞑目《めいもく》したあと、大友さん…、と呼びかけた。

「橘さんが現役の芸能人である場合、肖像権というものは非常に制限されます。これはすでにいくつかの判決も出ています。しかし、ご存じのように、すでに橘さんは芸能界からの引退を正式に表明されて十年ほどになります。この間、芸能活動はいっさい行わず、またしごく普通の学生として学校に通われてきました。引退から十年を経て、橘さんは一般の方々と同様の肖像権を有していらっしゃると我々は解し、同時に主張もいたします。橘さん、こちらの写真は承諾なしに無許可で撮影されたものですね」

真尋は頷く。

「はい、ご覧の通りうたた寝しているところなので、撮影されたこと自体を知りませんでした」

「そうなると、橘さんはこの写真を貴方がお持ちである件に感し、異議を唱えることができます。また、これが橘さんの承諾なしに他の方々に公開されたことに対し、この場で強く抗議いたします。もしこれが貴方の意図しないにかかわらず、他にばらまかれたりした場合、流出元である貴方に対し、精神的苦痛をこうむった旨に対する賠償をしていただくことも、我々は視野に入れております」

「いや、本当に誓って！　あの、この写真もここで今消すんで、すみません、賠償とかはちょっと…」

大友は慌てて真尋の写真を出し、目の前で消してみせる。

「写真の一枚や二枚、今じゃどこにでもバックアップ取れるじゃないか。これひとつ消したところでな」

横で時任が低く笑う。

「いや、誓ってバックアップはないです。さすがにそこまでゲスじゃないです」

「焼酎ひとつで、人を落としてみせます…、なんて賭けやっててか？」

「それについてはすみません、本当にこのとおり、すみません」

大友は青ざめたまま膝につくほど深々と頭を下げ、続いてそれでは足りないと思ったのか、椅子を降りて床にガバッと座り込み、手をついて頭を下げた。

それを見て以前の椎名の土下座を思いだし、真尋はなんとも苦々しくやりきれない思いとなった。

同時に胸の奥が強く痛む。

どだい、こんなふうに軽々しく頭を下げるような人種に、一時的にも気を許した自分が馬《ば》鹿《か》だった。

「頭を上げていただけませんか？　僕は人に土下座させるような趣味はないんです。それとも椎名君も含めて、あなた方の土下座ってそんなに軽いんですか？」

真尋のひんやりとした響きの声に、大友は椎名が前に食堂で真尋の前で手をついて頭を下げたことを思い出したらしい。

「いえっ！　そんな気持ちは毛頭なくて！」

「とりあえず、立っていただきましょうか」

取りなすように口をはさんだのは長野だった。

「大友さんに謝罪のお気持ちはあるというのはわかったのですが、その手の賭け事というのは倫理上、非常に問題がありますことはおわかりですよね？」

「はい、あ、でも椎名君は賭けそのものをチャラにしてほしい、酒屋で何万払ってでも、本物の『森伊蔵』を手に入れてくるからって…」

言いかけた大友は、長野に一瞥《いちべつ》されて黙り込む。

真尋自身も、今さら椎名が賭けをチャラにしてほしいなどと聞いたところで、塞《ふさ》いだ気分はいっこうに晴れない。

「さらにこの問題と、橘さんの承諾を得ないままに撮影された写真が流出してしまうというのは、また別の問題ですので、こちらに書面を用意させていただきました。一度、目を通していただけますでしょうか？」

おわかりにならないことがあれば、こちらで説明させていただきます…、という長野の言葉に、若い方の弁護士がファイルの中から綴《と》じた書類を机の上に置く。

大友の対応によって、すでに幾種類かの書類を用意してあったらしい。

「平たく言えば、貴方は責任を持って貴方が所有された写真のすべてを処分された。これは絶対に他には流出しないことを誓約する。この誓約に違反し、今後、橘さんが何らかの被害をこうむることがあれば、相応の補償をしていただくという書面です」

「…はい」

大友はそれ以上は逆らわず、おとなしく書類に目を通し、署名する。

「あの…、椎名君の持ってる写真は…?」

ペンを置いた大友が恐る恐る尋ねるのに、長野が書類を受け取りながら答えた。

「それも我々が対応いたします。今後、貴方には、ご自分が軽い気持ちでされたことが、あとあとご自分の人生だけでなく、ご家族や周囲のご友人といった貴方と接点のある人々に多大な迷惑をかけることがあるということを肝に銘じていただきたいですね」

「はい、すみません…」

大友は再び、深々と頭を下げた。

大友に会ったあと、さらに椎名と顔を合わすのは真尋の気分を完全に滅入《めい》らせた。

真尋の電話で待ち合わせの四ッ谷の駅にやってきた椎名は、真尋の代わりに時任が車で迎えに現れるとは思っていなかったようだった。

時任に連れられ、事務所の一室で真尋と顔を合わせた時、少し眉を寄せて何かを訴えるような表情を見せた。

真尋はあえてそれを無視する。

弁護士二人が椎名に状況を説明する間、真尋は席を外したいと申し出た。それまで大友の時のように同席するつもりだったが、椎名の並べるだろう言い訳めいた言葉を考えただけで心が折れてしまいそうになった。

そして、自分がそれだけの衝撃を受けていることも苦しく、許せなかった。これよりもひどい事態は、子供の頃から何度でもあったではないかと、真尋は自分に言い聞かせる。

真尋は別室で目を閉じ、顔をわずかに上向け、何度も深い深呼吸を繰り返す。真尋が昔からカメラがまわりだす前、心を落ち着けるため、思う表情を作るために何度も繰り返したリラックス法だ。

そうしていると真尋のいた部屋のドアを時任がノックと共に開け、声をかけてくる。

「なぁ、こっちは写真消してケリつけたけど、なんかまだ、お前と話《はなし》したいって言ってる」

真尋はしばらく応えず、黙り込む。

「嫌だってさ」

振り返って後ろにいるらしき椎名に言い捨てる時任に、真尋は声を投げた。

「入ってもらって」

時任はいいのかという顔を見せたが、立ち上がって頷く真尋を見ると、後ろの椎名に顎をしゃくる。

「真尋、何かあったら呼べ」

そう言って、時任はドアを閉めた。

「ねぇ、真尋さん、俺…」

真尋は入り口に気まずそうに立つ椎名の声を無視し、切れ長の目を向けないままに尋ねた。

「君が思っていたより、中身が浅くて驚いた？」

「浅いなんて思ったこと、俺、一度も…」

「…皆が思っているような橘真尋の中身なんて、ないんだ。本当は」

真尋の声は低く歪《ひず》んだ。

器ばかりで、何もない。

だからこそ、求められる役をいつも演じてきた。できるだけ相手の求めているものに完璧《かんぺき》に応えられるよう、懸命に演じた。

「真尋さん…」

椎名が手を伸ばしてきたのを、真尋は強い力で胸許に手をつき、遮る。

リーチは椎名の方が長いが、明確な真尋の意思表示に椎名はごめん…、と手を下ろした。

真尋は携帯を取り出すと、椎名の目の前で操作した。

「僕の中の椎名君のアドレス消したから、椎名君のも消しといて。もう気がすんだでしょう?」

「…え、気がすんだって…?」

慌てた様子の椎名の前で、真尋は口許に薄い笑いを貼りつける。

「愛情なんてないよ、最初から」

自分にできる限りのしたたかな笑みを作った。

「でも、君もそうだったよね?」

「真尋さん、何を?」

「『森伊蔵』…だったっけ? 君が署名した瓶」

真尋がすぐ近くから椎名の目を覗き込むと、椎名は押し黙った。

「お互い、その分はちゃんと楽しんだよね?」

出せる限りの酷薄な声で尋ねてみる。

「だから、もういいよね? これで終わりにしても」

最後の言葉は、歌うようにするりと口から出た。

真尋は椎名に背中を向けた。

Ⅱ

「こんにちは、ずいぶん涼しくなってきましたね」

真尋がいつものように施設の古いドアを開け、年配の女性職員に声を掛けると、相手は驚いたように目を見開いた。

「あら、橘さん、目、どうしたの？」

「…花粉症みたいで、昨日から酷《ひど》いんです」

真尋は淡く色のついた眼鏡のレンズを、指先で隠して笑う。

「ああ、花粉症。春ばっかりじゃなくて、秋もキツい人は本当にキツいのよねぇ。私も姉がそうだから、よくわかるわ」

「僕、そんなに酷い顔してますか？」

「ちょっと目が腫《は》れてるわね。お医者さん、行ったほうがいいわよ。お医者さんのお薬は、やっぱりよく効くんですって。市販のとは全然違うって」

「そうなんですか？　明日あたり、行ってみようかな」

真尋は口許に愛想のいい笑みを貼りつけながら、来館者名簿にいつものように名前を記入する。

内心とは違う表情を浮かべるのには、昔からよく慣れている。

「今日は何のお話かしら？」

女性職員が珍しく続けて尋ねてくる。

「『スカボロー・フェア』です」

「サイモン・アンド・ガーファンクルの？」

「ええ、あれで世界的に広まったのもあるんですけど、もとは昔からイギリスで吟遊詩人なんかに歌われてた歌らしいんですよ」

「そうだったの？」

「日本の『かごめかごめ』と同じで、謎《なぞ》が多くて、聞けば聞くほど不思議な歌なんです。かないっこない無理難題を相手に吹っかけるような…」

「綺麗な歌なのにねぇ」

へぇ…、と女性職員は頷くと、真尋を多目的室へと促してくれる。

「皆、楽しみに待ってるわよ」

「どうもありがとうございます」

真尋は慣れた廊下を歩くと、すでに子供達が多目的室から顔を出して待っている。

「まぁちゃ？」

最初に真尋の足音に気づいて顔を上げたのは、もう少ししたら二歳になるマホだ。あいかわらず、耳がいい。

まだ他の子供のように音を聞き分けて歩くのはうまくないので、手探りでもたもたと真尋の方へと向かって進んでくる。

「こんにちは、マホちゃん」

「まひろちゃんだ！」

「まひろちゃん！」

続けて他の子供が、わっと歓声を上げて真尋の方へと走ってくる。

「はぁい、皆、こんにちはぁ、真尋お兄さんですよー」

真尋は気を抜くと沈みそうになる声を、あえていつもよりも明るめに作った。

わっと絡まってくる子供達の手を次々に取ってやり、少しずつやさしく握りしめる。

「まぁちゃ…」

そして、置いて行かれて半泣きのマホを、真尋は抱き上げた。

「マホちゃんだけ、ずるい！」

「僕も抱っこしてほしい」

「はい、順番。順番に抱っこだよ。でも、誰が先にお部屋にちゃんと座ってくれるかなぁ？」

わらわらとまとわりついた子供達は、今度は我先にと部屋へと戻ってゆく。

その素直さに真尋は微笑んだ。

「マホちゃんはここね、ユウミちゃんの隣」

真尋はマホを仲のいいユウミの隣に座らせたあと、子供達を手伝って半円状に座らせる。

「まひろちゃん、今日は何？」

賑やかな子供達の質問に、真尋は微笑みながら本を手に用意されたパイプ椅子に座る。

「今日は遠い国、イギリスっていう国に伝わる古い歌のお話をしようと思います」

「イギリス知ってる。女王様のいるところ！」

「日本みたいに海に囲まれた国！」

小学校の上級生達が、知ってる知ってると口々に声を上げる。

「そう、今も女王様のいる国。昔のヨーロッパには、色んな街を旅をしながら歌を歌ってお金をもらって歩いた、吟遊詩人って呼ばれる人達がいたんだ。これはそのイギリスで、何百年もの昔から吟遊詩人が歌って伝えた歌。歌はあちらこちらに伝わるうちに、少しずつ変わっていきました。そして今は、『昔、大好きだったけど、今は離れて暮らす人に伝えてほしい』っていう歌になっています」

ちょっと照れたような笑いが、歳上の子供達を中心に起こる。

真尋は入ってきて子供達の後ろに座った、年配の副園長に頭を下げながら言葉を続ける。

「今はとても綺麗な曲がついて、世界中の人が知っているほどの有名な歌です。あとで曲も聴いてみようか。中身は『今から私の言うことをすべてかなえてくれたら、あなたはもう一度、私の心から愛する人になるでしょう』っていうお願い事です』」

くすくすと洩れるませた忍び笑いに、でも…、と真尋は首を横に振った。

「ところが、この願い事はとてもとても難しくて、ほとんどかなえられないような事ばかりなんです。さぁ、困った。これではとても、大好きな人とは一緒になれないね。それぐらいに難しいお願いです」

「どんなの？」

「曲がりくねった穴を持つ玉に、糸を通すみたいな？」

別の童話の例えを持ち出してくる子供に、真尋は微笑む。

「ああ、それに近いかもしれないね。じゃあ、よく聞いててね。一番最初は、さっき言ったように、旅をする人へ『あなたはスカボローという街の市場へ行きますか？　だったら、そこにいる私がかつて大好きだった人によろしく伝えてください』…、そうお願いすることから始まります」

じっと耳を傾ける子供達に、真尋は本を開いて続きを読む。

「旅人へのお願いの間に、『パセリ、セージ、ローズマリーとタイム』というおまじないが入ります」

「パセリがおまじない？」

「そう、パセリもセージもローズマリーもタイムも、外国ではよく使われるハーブ、臭《にお》い消しなんかにお料理によく使われる草だね。このハーブを四つ並べるのは、実は魔除《よ》けや幸せを願うおまじないの意味があるんだ」

「魔除け？」

「そう、旅をする人が呟いているおまじない。これには理由があるんだね。それも最後に話そうね。お願い事の中身はこうだ」

真尋は続けた。

——亜麻で作ったシャツを作ってください。

パセリ、セージ、ローズマリーとタイム。

針を使わず、糸目もなしに。

そうしたら、あなたは私の心から愛する人になるでしょう。

「針も糸もなしで？」

ええっ、と子供達が声を上げる。

「そう、できっこないお願いばかりなんだ」

——涸《か》れた井戸で、そのシャツを洗ってください。

パセリ、セージ、ローズマリーとタイム。

水も湧《わ》かなければ、雨も降らないその井戸で。

そうしたら、あなたは私の心から愛する人になるでしょう。

「水がないのに…」

呟く子供に、真尋は頷く。

「そう、水のない井戸で洗ってくれって」

——洗ったシャツを棘《とげ》だらけのイバラで乾かしてください。

パセリ、セージ、ローズマリーとタイム。

この世ができてから、一度も花をつけたことのないそのイバラで。

そうしたら、あなたは私の心から愛する人になるでしょう。


この願い事をすべて叶《かな》えてくれるように、あの人に伝えてください。

パセリ、セージ、ローズマリーとタイム。

そして、同じような願い事を私にするように言ってください。

そうしたら、あなたは私の心から愛する人になるでしょう…と。

「本当はかなえてほしくないのかな?」

「さぁ、どうだろうね。それに応える女の人の歌がこうだよ」

真尋は続けた。

——私のために、一エーカーの土地を見つけてください。

パセリ、セージ、ローズマリーとタイム。

海の水と砂浜の間に。

そうしたら、あなたは私の心から愛する人になるでしょう。

「一エーカーは、このみどり園全体が十個ぐらい入る広い土地だよ」

広ーい…、と子供達は口々に声を洩らす。

マホは一番前で、きょとんとした顔を見せている。

――羊の角でその土地を耕してください。

パセリ、セージ、ローズマリーとタイム。

たった一粒の胡椒《こしょう》の実を畑一面に蒔《ま》いてください。

そうしたら、あなたは私の心から愛する人になるでしょう。


革で出来た鎌でそれを刈ってください。

パセリ、セージ、ローズマリーとタイム。

そして、ヒースで出来たロープでそれをまとめてください。

そうしたら、あなたは私の心から愛する人になるでしょう。

「ヒースはとても丈の低い、かさかさと乾燥した野草なんだ。これじゃあ、とてもロープは作れない」

真尋の説明に、子供達は神妙な顔で聞き入る。

——この願い事をすべて叶えることができたなら、
パセリ、セージ、ローズマリーとタイム。

私のもとへ、亜麻のシャツを取りに来てください。

そうしたら、あなたは私の心から愛する人になるでしょう。

「やっぱり、無理ばっかり…」

呟く子供に、真尋は笑った。

「そう、かないっこないんだ」

——できないというのなら、私はこう答えましょう。

パセリ、セージ、ローズマリーとタイム。

せめて、やってみようと答えてください。

真尋はいったん口をつぐむ。

——そうでなければ、あなたは…。

最後のひと言が、昨日から軋《きし》み続けて悲鳴を上げている胸に尖った刃《やいば》のように突き刺さる。

「まぁちゃん？」

つまった真尋の声を訝《いぶか》しく思ったのか、前に座っていたヒロヤが顔を上げる。

「まひろ兄ちゃん？」

ヒロヤの隣のコウタも、不安そうな声を出した。

目が見えない分、子供達は真尋の声に潜んだ喜びや悲しみの音を敏感に聞き分ける。

何人かはわらわらと、真尋の膝のあたりに縋《すが》り、慰めるようにそっと触れてくる。

「ああ、ごめんね。ちょっと今、真尋お兄さんは花粉でお目々が痛くてね」

真尋は敏い子供達を不安にするまいと、無理に笑顔を作る。

セリフをしくじったようなことは、これまで一度もない。

表情や動作が監督や演出の求めるものでないことはあったが、用意された言葉を間違えたことは真尋には一度もなかった。

「『そうでなければ、あなたは私の恋人にはけしてなれない』…、そんな歌です」

真尋は奥歯を嚙《か》みしめ、無理に笑顔を作る。

「できないことばかりだったね。できっこないことばかりだったのは、どうして？」

本を抱いた真尋は、かすかに濡れた目許を笑いながら拭《ぬぐ》う。

「間におまじないがはさまるのは、どうしてだと思う？」

真尋の問いに、案じ顔だった子供達は首をひねる。

「これは実は、荒れた野原で死んでしまって、いつのまにか悪い妖精になってしまった人が、旅をする人に話しかけてるからなんだ」

「怖いの？」

「そう、旅をする人は怖いから、ずっと返事をせずにおまじないを唱えてる、『パセリ、セージ、ローズマリーとタイム』ってね。悪い妖精が嫌いな、いい香りのするハーブの名前を唱え続ける」

沈む気分とは裏腹に、真尋は明るい声を作り続ける。

「『そんなのできるわけないよ』って答えたら、悪い妖精に捕まっちゃうからね。悪い妖精は、無理ばっかりをそっと耳許でささやいてくるんだ」

「怖いよ」

怖い…、という声が次々と上がる。

「でも、皆はおまじないを覚えたから大丈夫だね。そう、『パセリ、セージ、ローズマリーとタイム』」

真尋は案じ顔で立ち上がった副園長に、こぼれる涙を拭いながら、問題ないと首を横に振った。

「だから、もう大丈夫。暗いところで話しかけてくる誰かがいたら？　絶対にできないことを、やってくれって言ってきたら？　さぁ、何て言おう？」

真尋は膝に縋った子供達の背をそっと撫でる。

「『パセリ、セージ、ローズマリーとタイム！』」

「そう、もう大丈夫だね？」

真尋は微笑《ほほえ》んだ。

Ⅲ

「椎名、お前、この間のT女のマリナちゃんが、今度お前と飲みに行きたいって言ってきてんぞ。アドレス教えていい？」

教授が部屋を出ていった後、教科書を鞄《かばん》に突っ込んでいた椎名の前に、同じゼミの牛野《うしの》が来て、スマートフォンを突き出す。

椎名は『シーナ君と一緒に飲みに行きたぁーい♥』などと、顔文字と絵文字満載で書かれたメール画面を、ただ見下ろす。そして、メール内容そのものよりも、自分と同じ機種の色違いだな、などとどうでもいいことに気を散らした。

「…悪いけど、ちょっと…」

「メルアドぐらい、いいんじゃないの？　お前、あの時、嫌いじゃないとか言ってたじゃないか」

別に嫌いじゃないとは言ったが、好きだとも言っていないというのも面倒で、椎名はひとつ溜息をつく。

確かに真尋に振られて、かなりくさくさした気分で誘われたコンパに参加はしたが、何を話したか、マリナが誰だったのかすら、正直覚えていない。

「何だよ、景気悪い面してんなぁ」

「まぁね」

「お前、橘真尋狙《ねら》ってたって本当？」

男もありなのかと、牛野は興味津々といった顔で尋ねてくる。

「そんなの、最初から相手にされてないよ」

椎名は苦々しく答えたが、忌々《いまいま》しいことに牛野は納得顔となる。

「ですよねぇ。お前以上に、筋金入りの芸能人って感じするもん」

用心深いが、そんなに元芸能人ということを鼻にかけているふうでもなかったのに…、と椎名は思った。

つきあっていたと思っていた最中は、最初に考えていたよりもずっと普通で親しみやすく、可愛いところもあるように思っていた。

そして、椎名が考えているよりもはるかに頭がよくて、とても感受性の強い人だった。

他人の中に、あんなに自分の知らない様々な魅力を見たのは初めてだった。あそこまで他人の性格について色々と考え、もっと深く知りたい、手に入れたいと願ったのも、初めてだった。

むろん、容姿も飛び抜けていたが、何よりもいつも真尋が見せる反応に惹《ひ》かれていた。打てば、自分が考えているよりもはるかに豊かな響きが返ってくるように思った。真尋が芸能人風を吹かしたことなど一度もないのに、自分は凡人なんだなぁとつくづく思った。

あの真尋の中で響く綺麗な音をずっと聞いていたいような気がして、そんな真尋を本気で手に入れたくて、最後の方は本当に自分でも夢中だった。

会う前に抱《いだ》いていた真尋のイメージに沿った表情を見せられたのは、もう終わりにしてもいいよねと、最後に凄《すご》みのある笑みを向けられた時だったろうか。

結局、総合してみると捉《とら》えどころがない。

自分はつきあっていたつもりだったのに、結果的には何もわかっていなかったようにも思える。

——嘘つきなんだって。

ふいに美術館のあの展示室で、水曜日生まれの子供は嘘つきだと言った真尋の言葉を思い出す。

——嘘なんか、つかなさそうに見える？

謎めいた笑みを見せた真尋だったが、結局、一度も嘘なんかつかれたことはなかったよなぁ…、などと椎名は思った。

むしろ、酷い嘘を言って近づいたのは自分の方だ。

真尋自身はどちらかというと、怖いぐらいにピュアなところのある人だった。

でも、はぐらかすのはうまくて…、それが筋金入りの芸能人という意味なのだろうか？

「…牛野、マザーグース知ってる？」

唐突な椎名の問いに、牛野は薄気味悪そうな顔となった。

「マザーグース…って、あれ？　イギリスの民謡だか、童謡？　何、それとも映画とか、店の名前とかか？」

「いや、何曜日生まれの子供は、こんな子っていう歌があってさ、日曜日生まれの子供は器量よしとかいうの」

「そういうメルヘンチックなのは、俺はちょっと…」

勘弁してよと口ごもる牛野に、椎名は頷いた。これは多分、牛野などに聞いた自分の方が悪い。

「ああ、いい。ごめん、自分で調べるわ。エリナちゃんとやらは、断っといて」

「マリナだって、本当に興味ないんだな、お前。ひでーわ」

わかったという牛野に片手を上げ、椎名は取り出したスマートフォンを操作する。

『水曜日生まれの子供』で検索をかけると、悲哀に満ちた子供だの、泣き虫、寂《さび》しがり屋だのという言葉が引っかかってくる。

あれ…、と人がまばらになった演習室で、椎名は首をひねった。

あの時、水曜日の子供は嘘つきと即答したのは真尋だ。あまりにはっきりと言ってのけられたので、疑いもせずにいた。軽い話の流れだったので、さほど気にも留めていないというのが近いだろうか。

もう一度、水曜日生まれの子供に、嘘つきなど加えて検索してみるが、やはり引っかかってこない。

「…水曜日生まれの子供って、嘘つきじゃないの？」

ネットはあてにならないと、椎名は図書館に場所を移し、マザーグースの本を検索して開架書架で何冊かを引っ張り出す。

比較的、有名な歌のようで、どの本にも『月曜日生まれの子供』というタイトルで載っていて、やはりどの訳を見ても哀《かな》しみに満ちた子供、泣き虫、寂しがり屋などと書かれている。

原文はWednesday's child is full of woeなので、直訳すれば確かに水曜日生まれの子供は哀しみに満ちている程度の意味だろう。

真尋にふさわしいように詩的に表現すれば、寂しがり屋というのが一番似合うような気がする…などと柄にもなく考えかけ、椎名は取り出した本を元に戻す。

真尋はどうしてあの時、嘘つきなどと言ったのだろう。何か、勘違いして覚えているのだろうか。

そういえば、水曜日の午後はいつも用事があるからダメだと言われたな、などと椎名は思い出す。それが自分にとってはあまり面白くなかったが、真尋はあれだけは譲ってくれなかった。

よもや、水曜日はああして目の不自由な子供に読み聞かせをやっているなどとは思わなかったが…。

独特の甘さとやさしさのある声で丁寧に紡がれる物語は、芸術などほとんど理解できない椎名にとっても胸にやわらかく染み入ってくるようで、まったく飽きることもなく最後まで聞けた。

陳腐なのかもしれないが、あの時、確かに自分は真尋の内側にあるとても綺麗でやさしいものに直接に触れたような気がした。

毎週水曜に、真尋が話して聞かせた物語をずっと聞いて育った子供達も、きっと何か豊かなものを心に育てていているのではないだろうか。

夢想家の気などさらさらないが、せめて今はそう願いたい。

どこかで演技がしたかったという理由だけで、毎週ああして読み聞かせなど続けられるのだろうか…、そこまで思って、椎名はふと考える。

真尋はあのボランティアのことを、時任と家族以外には誰にも教えていないと言っていた。

それも真尋の嘘…？

椎名は懸命に頭をめぐらし、最初に声をかけた時のことから、真尋の些細《ささい》な反応を思い出せるだけ丁寧に思い出そうとする。

遊園地に行きたいと言った真尋は、そして、一度も仕事以外で行ったことがないと言っていた真尋は、あれも嘘だろうか。最後のパレードを見て、本当に嬉しそうに笑っていた真尋は？

ランプの宿で恥ずかしいから先に風呂に入ってきてくれと言ったのは？　椎名がある程度調べたと言った時、ほっとしたように見えたが、あれは逐一を教えなければならないからではなく…？

あれ？…、と椎名は考え込む。

椎名は予想以上に初々《ういうい》しくて可愛い反応を見せると思った真尋を、好き心など抜きに必死に思い出そうとする。細かいことまでは思い出せないが、椎名が思っていた百戦錬磨とはまったく異なっていて…、そして、あの最後のドラマの夜月怜《やづきれい》役で見せていた濡れ場とも全然違って…。

椎名は口許に手をあてがったまま、ひたすら考える。

まったくの処女というわけでもないが、あの時、下手に経験のある女の子よりもずっとすれていないと何度か思った、あの感覚は…？

報道されることだけが事実ではないと、自分についてのゴシップ記事を少しは疑ってくれるのかと、歪んだような笑みを見せた真尋は…？

確かに恋の手練《てだ》れらしき表情も最初は見せていたが、椎名の知っている真尋はもっと純真で繊細な、本当に頭のいい人で…、そこまで考えて、椎名は頭をひと振りする。

自分には中身なんてないと、苦さのある声で呟いた真尋が愛しい。他はどうでもいい。

何もないんだと呟いた真尋の中いっぱいに詰まった悲しいやわらかさを、すべて抱きしめてあげたい。

真尋に、『水曜日生まれの子供は寂しがり屋』なのだと教えてあげたい。

電話は着信拒否、送ったメールにも返事のない今、それを伝えたところで何の意味もないかもしれないけれど、あんな寂しい言葉を呟く真尋に教えたい。

それすらも、つまらない賭けで真尋とのつきあいを台無しにした今となっては、まったく意味のないことなのだろうが…。

そんな些細な言葉を、今すぐ誰かに伝えたいなどと思ったのは初めてで、椎名は開架書架の前でしばらく立ちつくす。

「…あ、椎名さん」

書棚の前で考え込んでいた椎名に、棚をまわりこんできたひとりの女の子が驚いたように立ち止まる。

女と見ればひと通りは見境なく笑顔を向けてきたこれまでとは異なり、椎名はいたって素の表情のまま、小さく会釈だけした。

慌てて頭を下げる相手をその場に残し、椎名は足早にその場を立ち去る。

誰かを追いかけたい、誰かにささやかなひと言を伝えたいなどと強く願ったのは、これが初めてだと胸の奥が軋むような思いになりながら、椎名は中央図書館を出た。


「…何か用？」

水曜の午後、椎名が食堂でつかまえた時任は、露骨に嫌そうな顔を隠そうともしなかった。

講義の時間内のためか、いるのは休講か、次の講義までの時間潰しをしている学生らしく、食堂は比較的空《す》いている。

時任も時間潰《つぶ》しらしく、ひとりで座ったテーブルにはノートＰＣと数冊の専門書が積み上げられており、かたわらにはコーヒーの入った紙コップがあった。

「あの、今日も真尋さん、あそこで読み聞かせされてるんですか？」

「君には、関係のないことだろ？」

時任には、とりつくしまもない。

「すみません、俺が真尋さんに不愉快な思いさせたのはわかってるんですけど」

「君の言う不愉快って、すごく軽いよなぁ。いつもそう言って、ちゃらりと謝って終わってるのかな。人生、すげー楽そう」

確か、前もそう…、と呟く時任は、以前の椎名が土下座した食堂での事件をあてこすっているのだろう。

だが、自分が真尋を軽々しく利用したのは確かなので、椎名は何も言えない。

考えれば考えるほど、あの時、椎名は真尋には絶対に矛先を向けるべきではなかった。

多分、心の中のどこかに真尋とつきあっているのだから大丈夫という奢りがあったのだろう。名前を利用したと言われても仕方がない。

そして、それを真尋と親しい時任が苦々しく思うのも仕方ない。

今なら、時任が真尋のことを友人として純然に案じているのがわかる。時任は自分の幼馴染みでもある真尋が、椎名のような人間に安易に利用され、傷つけられることに憤っているのだろう。

「あの…、『水曜日生まれの子供は寂しがり屋』ですって、真尋さんに伝えてもらえませんか？」

「は？　意味がわからないね」

時任は黒いセルフレームの眼鏡の陰から、椎名を睨みつけてくる。

「多分、そう言ってもらったら…」

わかると言いかけて、椎名は唇を嚙む。

わかったところで、どうにかなるとも思えない。

本当に伝えたいのはそんなことでもない。

「…空港」

時任は低く言った。

「…はい？」

「明日には真尋、成田発《た》って、イギリスに行くよ」

「え…？」

「半年は帰ってこないんじゃない？　場合によったら、それ以上かも」

「観光…とかじゃなくて？」

「学校は休学。しばらく向こうでやってみるらしい。法学やんのか、演技や撮影の勉強すんのかは知らない。前から考えてたみたいだけど、君みたいな最低野郎に関わって、真尋も踏ん切りついたんじゃない？」

そういえば、藤枝《ふじえだ》監督は今はほとんどイギリスにいると、以前、真尋がちらりと言っていたような気がする。

行くというなら、監督のもとなのだろうか。

「飛行機の時間、教えてもらえませんか？」

「何、お前、行くの？」

煩わしげに見られ、椎名はすみません、とひとつ頷く。

さっきは『君』と呼ばれたが、『お前』呼ばわりに時任の苛立《いらだ》ちが如実に現れている。

「じゃあ、絶対に行けよ。俺はお前みたいなクズ野郎の顔は見たくないから、空港まで見送りに行かねーし」

「すみません」

椎名は時任の前に、九十度に腰を折った。

Ⅳ

椎名は予定搭乗時刻の三時間半前から成田に行った。

空港は広い。

ことに成田は半端なく広くて、出発便名や出発時間を聞いていても、真尋を探しあてられるのだろうかと不安になる。平日の中日で空いているとはいえ、ここで会えなかったら…と気が気でない。

むろん、無理を承知ですでに真尋がチェックイン済みかどうかカウンターで尋ねてみたが、個人情報なので答えられないとすげなくあしらわれた。

チェックインカウンターの前で待つこと、一時間と少し。もうすでに搭乗口の中に入っているのでは…、とじりじりしはじめた頃、いつものように眼鏡をかけた真尋が、スーツケースを乗せたカートを押しながら時任と共にやってくるのを見つけた。

空港には行かないと時任は言ったが、やはりそれほどまでに自分はあの男に信用はされていないらしい。

便名を聞いても、空港までは来ないとでも思われたのだろうか。

信用されてないなとは思ったが、腹は立たなかった。

むしろ、幼馴染みとしてそれだけ真尋を大事にしていることはわかる。愉快ではないが、そこに妙な邪推をするなら、椎名の方が間違っているのだろう。

「…真尋さん」

声をかけると、真尋はこれまでにないほど表情を固く強張《こわば》らせた。

そのまま椎名を無視して、チェックインカウンターの方へ進もうとする。

「ごめん、真尋さん、少しだけ話させて」

カートに手をかけたのを、かなりの強さで突っぱねられる。

「悪いけど、邪魔だから」

聞いたこともない、硬くて怖い声に椎名は少し怯《ひる》む。真尋の凄みは、そこいらの人間が怒るのとはレベルが違った。思わず、脚が勝手に後ろに下がってしまうような、威圧感とオーラがある。

多少の修羅場はあっても、ここまで自分に分が悪い立場になったことなどない。

「ごめん、真尋さんに本当に無神経な真似したってわかってるんだけど」

「わかってるなら、そこ通して。もう気がすんだだろ？　僕も終わったことだと思ってるし」

硬く強張った真尋の目は吊り上がり、顔全体は薄く青ざめている。

こんな表情は、ドラマの中の演技でも見たことがない。

それだけ怒らせているのだとわかった。

「…真尋、五分ぐらいなら聞いてやったら？」

なだめるためか、それとも面倒ごとを避けるためなのか、時任が横で溜息交じりに控えめに言い添える。

「広也、飛行機の時間教えた？」

「うん、俺」

真尋がとんでもない目つきで時任を睨んだが、時任は小さく肩をすくめただけで、やや離れたベンチを指した。

「俺、あそこで待ってるから」

さっさと離れる時任を忌々しげに見た真尋は、椎名の方を見てくれようともしない。

「真尋さん、行っちゃうの？」

尋ねても、返事もない。

この人はこういう怒り方をするのだなと、椎名はあらためて思った。

少しつきあったつもりでいたが、真尋のことなど、本当は何もわかっていなかったのかもしれない。

「俺、ごめんね。馬鹿な賭けしてて。真尋さんのこと、すごく傷つけたっていうか…、どうしようもなく無神経な真似したと思う」

そっぽを向いたままの真尋の横で、椎名は小さく溜息をつく。

「でも、信じて。途中からすごく真尋さんのこと可愛くなってて…、俺、これまで誰かをそういうふうに思ったことなかったからさ…、なんか途中から賭けのことなんかどうでもよくなって…っていうか、そんなの忘れてたんだけど…」

答えてくれもしない相手に色々かき口説くのは、こんなにも惨《みじ》めなことなのかと思いながらも、椎名はぼそぼそと言葉を続ける。

みっともないことこの上ないが、きっと自分はそれ以上に真尋に惨めな思いをさせただろう。

「写真も、ごめんなさい。真尋さんと飯食った時の写真、うっかり見られて…、中、見られたみたい。大友先輩にそのまま送られちゃって…、こんなこと言っても信じてもらえないかもしれないけど…」

「僕の今考えてること、わかる？」

椎名に視線は向けないまま、意外に平静な声で真尋が尋ねてくる。

平静すぎて、逆に怖いぐらいだ。

「えっと…、俺のこと鬱陶《うっとう》しいとか…、最低のゲス野郎とか…？」

「さっさとその手を離して欲しい。それだけ」

だから、離してくれない？…、と真尋は初めて虫でも見るような目で、カートの端に手をかけた椎名を見た。

こんなにぐっさりと、心にまともに突き刺さってくる言葉はない。それでも、椎名はカートをつかんだ手の力はゆるめなかった。

真尋はいい加減頭にきたのか、強引にカートを押してゆこうとする。

それがけっこうな力と勢いで、反動をつけて握りつかんだ手を引き離された椎名は、慌てて真尋の腕をつかんだ。

それを強い力でふりほどかれる。

「こんなところで土下座なんかしたら、殺すよ？　カートで轢《ひ》いてやる」

真尋は、本当に轢き殺しかけないほどの怖ろしい声を出す。

「ねぇ、真尋さん、『水曜日の子供』って、本当は嘘つきなんかじゃなくて、寂しがり屋なんでしょう？」

「…だから？」

「どうして、そんな嘘ついたの？」

「嘘つきだから」

真尋は吐き捨てるように言った。

「俺、真尋さんを嘘つきだなんて思ったことないよ。可愛くてやさしい人だけど…、それで…、ねぇ…、もしかして最初に俺が教えて欲しいなんてつまんないこと言ったから、真尋さん、それに合わせてくれた？」

「合わせるって何⁉　意味がわからない」

「俺が真尋さん、色々知ってそうなんて馬鹿なこと言ったから、色々知ってる振りをしてくれようとしたの？」

真尋は何とも答えず、無言でそっぽをむく。

ああ、やっぱり…、と思ったものの、そこから椎名はうまく言葉をつなげられず、頭をひと振りする。

「…つきまとうなっていうなら、もうつきまとわないから、真尋さんのこと、好きでいていい？　俺の初めて好きになった人だから」

「…悪いけど、しばらく帰ってくる予定はないし、もう終わったことだから好きにして」

「いつまで行くの？」

「わからない。もともと、もっと早くにこうしておけばよかった。自分で吹っ切るだけの勢いがなかっただけで」

真尋はまるで自分に言い聞かせるように答える。

声は低いが、さっきまでとは違ってわずかに頑《かたく》なさが溶けたように聞こえた。

椎名はしばらく考えたあと、再度、カートの持ち手に手をかけて口を開いた。

「…じゃあ、俺もイギリスに行く」

他にいい方法が思いつかなかった。

「君、馬鹿じゃないの?」

真尋は眉をひそめ、椎名を睨む。

そして、すぐに冷たくせせら笑った。

「そんな覚悟なんてないくせに。いつも口ばっかりだよね? いいから、離して」

「行くよ。真尋さんが向こうで演技の勉強するっていうなら、俺も向こうで何か身を立てる方法考える。法律の勉強するっていうなら、編入してでも俺も行く」

「そんな必要ない。日本でこれまでみたいに適当な人生送って」

適当だったのは確かだ、それを指摘されればどうしようもない。

「真尋さんが好きだよ、どうすればいい?」

どうしようもなくて、真尋の気持ちをこちらに振り向ける術《すべ》が何もなくて、椎名は顔を歪め、片脚で幾度も子供のようにダンダンと地団駄を踏む。

その音と勢いに押されたのか、真尋は呆気にとられたように椎名を見た。

しかし、真尋も頑なだった。

「…知らない」

「側に置いてよ。真尋さんに二度と会えないなんて…」

椎名はみっともなく髪をかきむしり、何か他に術はないのかと唇を噛みしめる。

いつもは無駄に要領のいい頭をいくら巡らせても、真尋の気持ちを引き寄せる方法が思い浮かばない。

馬鹿だったのだと、本当に恋した人がすぐにわからなかった自分はこの上もない馬鹿だったのだと、口惜しさのあまり、目許にはうっすら涙さえ浮かんでくる。

「だったら…！」

考えに考えて、それでもどうしようもなくて、椎名は髪を乱していた腕を投げるように振った。

「だったら、俺もやっぱり絶対にイギリスに行く！」

勢い込んだ椎名に、真尋は毒気を抜かれたような表情を見せる。

「…君、馬鹿だろう？」

「馬鹿なのかもしれないけど、真尋さんがいいよ…。俺、あなたが好きだ」

真尋はしばらく口をつぐんだあと、救いを求めるように離れた時任の方へと視線を向けた。

しかし、肝心の時任は背を向けたままで、いっこうにこちらを向く気配がない。

真尋が動揺するのを、椎名はその時、初めて見た。

子供のようにうろたえた顔で、真尋は口許に手をあてがい、さっきまでのいとも容易に椎名の胸をえぐる言葉をいくつも投げつけた相手とは思えない幼い表情で、途方に暮れた様子を見せる。

今にもここから走って逃げたいような顔を見せる。

走って逃げたいのは確かなのだろうが、それは椎名を嫌って、あるいは怖れてというよりも、どうしてよいかわからなくなって逃げ場を探す子供のような顔だった。

そんな真尋の表情があまりに可哀相《かわいそう》になって、椎名はそんな真尋の顔を周囲から隠すように身をかがめ、尋ねる。

「…真尋さん、俺が怖いの？」

さっきまで泣きたいのは自分の方だったが、それ以上に真尋のそんな哀れな表情が見ていられなかった。

真尋は本当に怯《おび》えたような表情を隠すように伏せ、なおも逃げ道を探すようにうろうろと視線をさまよわせる。

薄手のコートをまとった身長ほどの厚さのない肩が、大きく上下する。

「真尋さん、ごめん、俺…、真尋さんをいじめるつもりなんかなくて…」

ね、ごめん…、椎名はそんな真尋の姿を少しでも人目から隠そうと、真尋の顔に手を添えるようにして身をかがめる。

「…君は来ない」

覆《おお》った口許から、真尋は震えた細い声を出す。

「いつも軽薄で浅はかで…、好きだって言えば僕が簡単になびくと思ってるから…、君は絶対に来ない」

泣き声にも聞こえる細い声なのに、最後だけはっきりと言い切る真尋が悲しい。真尋にそこまで言わせるのは、これまでの自分の愚かさなのだろう。

真尋の頭を抱き寄せ、椎名は夢中で唇を寄せた。

「ごめんね、真尋さんに夢中になってたのに気づかなくて…、俺、これまで自分がこんな風に人を好きになるなんて思ったことなくて…」

真尋の顔を人目から両手で隠したまま、椎名は髪に、こめかみに、その手に何度も唇を寄せる。

信じない…、となおも呟く年上の青年の肩を覆うように抱きしめ、ごめんね…、と椎名はささやき続けた。

「真尋さん、ごめんね。大好きなのに、嫌な思いばかりさせちゃってごめんね…」

真尋の手が椎名のニットの胸許あたりをつかみ、力なく幾度も打った。

終章

「真尋さん、来たよ」

真尋を空港で送ってから二週間後、ロンドンのさるタウンハウスを訪れた椎名は、丈の高いドアを開けてくれた真尋に照れ笑いを向けた。

真尋もどこか困ったようなはにかみ笑いを浮かべる。

本当にどんな表情を浮かべていいのかわからないような、伏し目がちの可愛らしい笑いだ。

「なんか地下鉄の乗り換え間違っちゃって、すげぇ焦ったけど…。ホテルはまだチェックイン出来なくて、スーツケースだけ預けてきたけど…」

緊張のあまり下らないことばかり並べかけた椎名は、本当に言いたいことはこんなことじゃないと口をつぐむ。

「…会いに来ちゃった。二週間、すごく長かった」

口にはしてみたものの、前とは違って軽々しく触れられない。

いきなり馴れ馴れしく触れるのも違うし、何よりも緊張する。

空港では最後、目立つチェックインカウンター前で真尋を抱きしめたというのに、今になって指の触れあうことにすら緊張する中学生のような思いをしている。

来るまでに二週間かかったのは、パスポートを持っていなかったせいだ。パスポート申請からはじめ、事務所に頭を下げてモデルのバイトも調整してもらい、やっとやってくることが出来た。

その間、二日に一度は真尋に国際電話をかけ、メールは毎日送った。

そうでないと、真尋に許されないような気がした。

今も本当は、許してもらえたのかどうかはわからない。

住所と連絡先のアドレスや電話番号は教えてもらえたけれど、ここまでの経路などは教えてもらえなかったし、うちに泊まっていいとも言われなかった。

もちろん、真尋は藤枝監督のところにいるので勝手に許可を出すこともできないのだろうが、ある程度は試されていたのだと思う。

これぱかりは自業自得なので、真尋が椎名を信用して心を開いてくれるまでは、自分にできるだけのことをしてみようと思っている。

みっともないことこの上ないし、一歩間違えればストーカーだ。自分が誰かひとりをここまで追いかけまわすことなど、以前は信じられなかったが、恋に溺《おぼ》れる人間の気持ちが今はわかる。

「どうぞ、入って」

真尋は椎名を中へと促してくれる。

「…失礼します。すごい、広くて綺麗」

中はさすがにヨーロッパの物件らしく、天井が高くて広い。調度品も落ち着いた色味で優雅だ。

重厚なヴィクトリアン様式の赤い煉瓦《れんが》でできたフラットの最上階、藤枝監督が借りているメゾネットタイプの部屋らしい。

この間の電話では、居間にキッチン、バスルームが二つ、ベッドルームが二つとゲストルーム、書斎が一つと聞いたが、贅沢《ぜいたく》な造りだ。

「冬はヒーターがあっても、ずいぶん寒いらしいよ」

真尋は居間に椎名を通し、自分はお茶の用意をするつもりなのか、キッチンへと入ってゆく。

少しでも真尋と一緒にいたくて、椎名はその後についてキッチンへと入った。

真尋は何か言いたげな目を向けてきたものの、何も言わずにお湯を沸かし、お茶の用意を始める。

「日本茶でいいよね？」

「日本茶なの？」

紅茶ではないのかと真尋の手許を見ると、急須と湯呑《ゆの》みが置かれている。

「うちの父親、日本茶党なんだ。紅茶がよければ、紅茶を淹《い》れるよ？」

「ううん、日本茶でいい」

真尋がお茶を淹れる、なんということのない姿に見とれながら椎名は頷く。

「そうだ、この間、真尋さんの代わりにみどり園に読み聞かせに行ったら、『すごく下手…』って、何人かに言われた。二回目も『まだまだだね』って」

椎名の申告に、椎名を迎えてからずっとどこか緊張していたようだった真尋は、初めておかしそうに声を上げて笑う。

空港で、真尋の代わりにみどり園に読み聞かせに行ってくれと頼まれたから、一応、今まではニ回だけだが律儀に通った。

しかし、子供の評価はシビアなものだ。

「皆、元気?」

「うん、行くたびに…って言ってもまだ二回だけど、『まひろちゃんはいつ戻ってくるの?』って、皆聞いてくる。あ、メッセージ預かってきた」

はい、と椎名は提げてきたメッセンジャーバッグから、ボイスレコーダーを取り出す。

「メッセージ?」

真尋はボイスレコーダーをしげしげと眺める。

「そう、一回目に持っていって、二回目に回収してきた。俺も中身は聞いてないんだ」

お茶を注いだ湯呑みをキッチンのテーブルに置き、真尋は再生ボタンを押す。

——まひろちゃんへ！

子供達が真尋を呼ぶ声がわっと響き、真尋は嬉しそうに目を細めた。

——まひろちゃん、元気にしてますか？　そこは女王様のいる国ですか？　おまじない、ちゃんと覚えてますか？　まひろちゃんを泣かすような悪い妖精にあったら、ちゃんとおまじない唱えてね！

流れてきた女の子の声に、真尋は微笑む。

「ほのかちゃんだ」

「何、おまじないって？」

「内緒だよ」

そう言って、真尋は再生を止めてしまう。

「聞かないの？」

「うん、もったいないから、あとでゆっくり聞く」

確かに真尋と子供達は、椎名とよりもずっと長い時間を共有してきたのだから、それはそれでいいと思った。

「あと、俺からのお土産。えと、すごくつまらないんだけど、日本のスナック菓子と小説をいくつか。それから、これ」

椎名がバッグから取りだしたリボンのかかった紙包みに、真尋は首をかしげる。

「何？」

「うん、この間、撮影で見たマフラー。すごく真尋さんに似合いそうだったから、買ってきた。ロンドンは寒いよって言ってたから」

「そんなの、高いからいいのに…」

真尋は言うが、あまりにもふんわりとやわらかいモヘア生地で、真尋に似合いそうな柄だと思ったので衝動的に贈りたくなった。

「でも、きっと真尋さんに似合うと思う。開けてよ」

椎名はねだった。

真尋が包みを開くと、生成りに黒と茶色、薄茶の大きなチェックの幅広のマフラーが出てくる。

「へぇ、可愛くてオシャレ」

真尋はそう言って、首許にあてがってくれる。

「あ、やっぱり似合う。待って、コーディネーターさんがこういうふうに結んでたんだ」

椎名は立ち上がって、真尋の首許にコーディネーターがしていたようにやわらかく巻きつけてみる。

「どうだろう？」

真尋はありがとう、と柔らかなモヘアの生地に触れ、椎名を見上げてくる。

「うん、すごく似合う。他にももうちょっとお土産あるんだけど、まだスーツケースの中だから、それは明日渡すね」

明日はとりあえず、真尋がロンドンを案内してくれるという。

ただ、真尋もロンドンに来て間もないので、事実上は二人でガイドブックを片手に観光だ。

でも、それでもいいと思う。

「真尋さん、すごい好き」

椎名はゆっくりと、座った真尋の肩を抱きしめる。

「うん」

真尋は椎名の手に指を重ね、ひとつ頷く。

まだ、自分も好きだとの言葉は返してくれないが、さすがにそれほどに自惚《うぬぼ》れてはいない。

真尋が自分を好きでいてくれるのと、許してくれるのとはまた別だ。

だからその分、何度でもいつまでも、信じてもらえるまで繰り返す。たとえ、これから何年かかっても、真尋が自分を信頼して完全に心を許し、甘えてくれるまで…。

そのつもりでここまで会いにきた。

これからも何度も会いにくる。

「これから、ずっと言うから。ずっと、ずっと好きだから…」

真尋をそっと抱きしめ、椎名は満ち足りた思いで繰り返した。軽いとばかり思っていた自

分の中に、ここまで豊かな気持ちが眠っているのだと教えてくれた人に想いを込めて…。

END

日曜日生まれの子供

三月上旬、ロンドンでは朝から雪模様だった。

ダウンコートをまとい、椎名吉見《しいなよしみ》から送られたマフラーを首許にまいた橘《たちばな》真尋《まひろ》は、まだ雪の残ったホテルの屋根を見上げる。

昨日の夕方から雪がちらつき始めていたが、椎名の乗った飛行機は昨晩遅くに無事にヒースロー空港に着いたらしい。着いたよ、今からホテルに向かいます…、と夜中近くにメールが来ていた。

夜遅い便だから、その晩はそのままホテルに向かうね、次の日の朝から会えるかな…、と椎名には電話で言われていた。

どこで待ち合わせようかと言われ、ホテルまで迎えに行くよと答えたのは真尋だ。

久しぶりに椎名に会えると思うと、気分が浮き立っている。みぞれ混じりの雪も、さほど気にならない。

真尋が日本を離れてから、椎名に会うのはこれで三度目だろうか。一度目は椎名がロンドンに来た時、二度目は真尋が母親に強く言われ、正月に里帰りした時だった。椎名は後期テストを含めた転部のための勉強で必死だったようだが、それでも成田《なりた》まで迎えにきてくれた。

年明けに一度初詣に一緒に行き、帰りも成田まで送ってくれた。短い時間だったが、前後のメールや電話でのやりとりを含め、椎名の印象がどんどん変わってきている。

今、椎名は試験と面接を経て法学部への転部を認められたところだ。とにかくそれまで、必死で試験科目の英語と法学をやっていたらしい。受験の時よりも必死だよ、と椎名は電話口で笑っていた。

八時間の時差のあるロンドンへ、真尋の都合のいい時間にあわせて電話をしてくるのは大変だったろうに、それでも今、早めに起きて勉強してたからいいと週に二、三度は電話をかけてきていただろうか。おそらく日本は、早朝の五時から六時頃の時間だった。

真尋からの電話がほしいと言われたことは一度もなかった。俺からかけるから、都合のいい時間を教えて、といつも言われた。

少し聞いてほしいんだけど…、真剣な顔でそう打ち明けられたのは、椎名が最初にロンドンにやってきた時のことだった。

明日は日本に帰るという前の日、ディナーを一緒に取りながら打ち明けられた。

法学部への転部を考えている…、椎名は真面目な顔でそう言った。

どうして急に…、と尋ねた真尋に、色々考えたんだけど、俺なりに真尋さんを守れる方法は、真尋さんの事務所の顧問弁護士さんみたいに、法律に詳しくなるのが一番なのかなって思って…、と椎名は答えた。

真尋さんが俺に守ってほしいって思うかどうかは、とにかくとしてね…、とも言って、どこか切ないような笑い方も見せた。

「俺、これまで具体的に何になりたいとか、どういう会社でどんな仕事したいとかなかったから、適当にマーケティングでもやるかなって、それなりに名前の知れた会社のインターン登録とか見てたぐらいなんだけど、今、自分がやりたいこととか、あらためて考え直して…」

フォークとナイフを置いた椎名は、何度も言葉を選びながら説明した。

あの時、成田空港に真尋を見送りに来た時から三週間弱ほどしか経っていなかったのに、椎名は急に大人びたように見えた。

「ほら、あと、あの園の子達？　俺、今、これまで何も考えてこなかった分、本当に非力でさ、下手な本読みぐらいしかしてあげられないけど、もっとなんか将来的に法的なバックアップとか？　就職とか、住むところとか、そういうのの世話や保証って、やっぱり法律に詳しければ、それだけやってあげられることも大きいかなって、園長先生や副園長先生と話してて思って」

椎名が話す内容が、これまでとはまったく違っていて、あの時には驚いた。それでも真尋のことばかりでなく、園の子供達のことまで懸命に考えてくれている真摯さは十分に伝わってきた。

「家族にはもちろん、笑われたんだけどね」

椎名はそこで初めて困ったように、ニッ…と、大きめの口許を横に広げて笑ってみせた。

「そんなの簡単にできるのかとか、まだ何年も大学に通うつもりかとか、その費用だって馬鹿にならないんだぞって…」

「確かにね」

真尋は頷《うなず》いた。

全国的に名の知られた私立大学で、有名ではあるが学費もけして安くはない。椎名は仕送りで下宿している身だし、それだけに両親の言い分ももっともなものだと思う。

「で、かっこ悪いけど親父に頭下げて、もう少し勉強させて下さいって頼んで…。俺さ、このところ、そこそこバイト代もらえるようになってたから、それもよかったみたい。この間、テレビのCMの仕事もらって、それで三年分ぐらいの学費と下宿費はまかなえそうだから…、それも親父に簡単な試算表作って説明して、あと、将来の展望とか、やりたいこととか、そういうの真面目に説明して…」

「そんなに?」

「うん、親父も最初は何言ってんだって顔してたけど、最後はわかってくれたと思う。一応、これから先の学費はあとあと親父に返すっていう約束もした。教務課の書類ももらってきてたし…。それで、ここ来る前に転部試験の申し込みもしてきた」

「それって簡単なの?」

「あー…、やっぱり簡単じゃないみたい。これまで俺の成績って中の上ぐらいだったから、後期試験気合い入れて点数上げとかないと。あと、転部試験は英語と法学で、英語はまぁ、そんな不得意でもないと思うけど、法学はもうマジ。ガチでやってる」

入門編から…、と椎名はロンドンに来てからずっと提《さ》げていたボディバッグの中から、すでにいくつも付箋《ふせん》の立った参考書を取り出す。

ためしに本を開いてみたが、すでにいくつもの書き込みや開き癖がついていて、椎名の真剣さが十分に窺《うかが》えた。

「だったら、この本の他にT社の本も使うといいと思う。どの先生が問題作るかはわからないけど、一、二年の時に一番基礎で使ったのは三冊で…」

真尋が挙げた専門書数冊の名前を、椎名はその場で真面目に書き留めた。

あとは食事が終わるまで、椎名に法学の初歩の疑問点について質問攻めにされた。それでも椎名の熱意は十分に伝わってきて、これまでのわだかまりも消えていた。

椎名のことを適度に軽くて話題が多く、発想が意外に柔軟で面白いとは思っていたが、まったく別の顔を見たような気持ちになった。

椎名がロンドンにいた一週間、椎名が何も言わないので、真尋もロンドン案内に終始していた。つきあい始めの頃のようにキスひとつしなかったが、あの日は椎名がやってきた初日のように抱きしめてくれないかなと思った。

そうすればお別れのキスぐらいは出来るのに…、そう思った自分は軽率だっただろうか。

結局、そんなことは自分から言い出せず、最後は椎名がヒースロー行きのエクスプレスに乗るのを見送っただけで終わった。空港まで行こうかと尋ねたが、遅い時間だから逆に危ないし、来ないでと頼まれたためだ。

真尋が年末に日本に帰った時は、椎名はさらに大人びて落ち着いた顔になっていて、驚いた。そう言うと、椎名は照れたように笑った。転部試験を控えて、モデルのバイトはかなり減らしているらしいが、撮影の際に顔馴染みのスタッフにも指摘されたらしい。

撮影の合間にずっと本開いてたせいかな…、などと肩をすくめる。頬まわりが少し引きしまっていて、それは椎名に言わせると勉強やつれだという。

それでも真尋へのメールは短くてもマメに送られてきたし、今日何をしたとか、真尋が観たと報告した劇やミュージカルの話についても書かれていた。電話も頻繁で、日本にいた頃よりも色々話したような気がする。

そのほとんどはたわいもない話だったが、真尋は自分を取り繕ったり、何かを演じたりすることなく話せる相手は時任《ときとう》ぐらいなので、自然体でいられることは嬉しかった。

自然体な自分…、それを意識したのも、あの頃からだったように思う。

ずっと長くそうなりたくて、でも、手に入らなかった理想は、椎名といると驚くほど簡単にイメージできた。

あれ以上、日本にいることが耐えられなくて、持っていたものをすべて投げ出すようにロンドンに来てしまった。園の子供達も自分のエゴで一方的に切り捨ててきたように思えて、ずっと気が咎《とが》めていた。でも、椎名が毎週子供達の様子を報告してくれる。皆、真尋さんを待ってるよと言ってもらえると、そんな罪悪感からもいつのまにか解放された。

それも、椎名が自然に自分のあとを引き継いでくれたからだろう。真尋ばかりでなく、子供達も助けたいと言ってくれたのも嬉しかった。

今は法学以外にも、視力障害者の福祉関係についての勉強もしているらしい。全部の社会的弱者について学ぶのは今は無理だけど…、と椎名は言う。身近にいる園の子供達のために、自分なりにできることを探しているようだ。

今年の夏は泳ぐ練習をしてみようかなって思って…、と笑っていた。近くにある小学校のプールを一定時間借りられないか、区を通して交渉しているのだという。ダメ元で聞いてみたけど、手応え悪くないよ、と椎名は弾んだ声で報告してくれた。無理でも、風呂場で顔つける練習から始めてさぁ…、と語る椎名の話を聞いていると、可能性は自分の手で作れるものなのだなと思う。

灰色のロンドンの空の下にいても、椎名のいる日本との繋がりをずっと感じているせいか、日照時間の短い冬のイギリスで多いといわれている季節性鬱《うつ》とも無縁だった。

寂しい時には、日本から持ってきた、椎名にもらったびいどろのランプを灯す。あの海辺の宿の帰り、椎名が真尋に贈ってくれたものだ。イギリスにやってきた時には、次に帰ってきた時には処分しようと自分の部屋に置き去りにしてきたが、正月に日本に戻った時に持ち帰ってきた。

小さなランプひとつにはさほどの明るさはないが、炎が揺らぐのを見ていると、自分の中が温かく満ち足りてゆくのを感じた。

なぜか、これまでと違って、焦りや自分の中の空洞感を感じない。むしろ、いつもどこか胸の奥が温かだった。かなりナーバスな精神状態でやってきたのに、今はこうして椎名にすくわれていることが不思議だ。

椎名と待ち合わせたホテルのロビーへと入ろうとすると、かたわらから声をかけられる。

「真尋さん！」

弾んだ声の主は、椎名だった。真尋に向かって全開の笑顔で手を振る様子は、長身の人間の多い街角であっても目立つ。

「あれ？　待ち合わせはロビーでって…」

「そう言ってたけど、待ちきれずに出てきちゃった。本当は地下鉄の駅まで行こうかと思ったんだけど、すれちがうと嫌だから。少しでも早く真尋さんの顔見たくて」

来てくれてありがとうと言う屈託のない笑顔は以前と変わりないが、雰囲気はやはりさらにまた大人びた気がする。

「…吉見君、背が伸びた？」

「背はもう伸びないよ。あ、何？　俺、またやつれた？」

あれぇ…、と頬のあたりに手をあてる椎名に、真尋は首を横に振る。

「やつれてはいないけど…、またお正月よりも大人っぽくなった感じ」

「何だろう？　コーディネートとか、服の色味じゃない？　ほら、もうあんまりシルバーとかもつけてないし」

椎名は以前にはシルバーの指輪や革紐《かわひも》のネックレスをつけていたあたりを示してみせる。

「シルバーって、日本に置いてきてるだけじゃなくて？」

それが理由じゃないだろうなと思いながら、真尋は首をかしげる。確かに、以前は椎名がさりげなくつけてきたアクセサリーはないが、海外では盗られて困るようなものは身につけないという人間の方が多いだろう。

「いや、もういいかなって。欲しいって言う奴に譲ったりして処分した。その分、参考書代にできてラッキーって」

「もういいの？」

「うん、ほら、ロンドンへのエアチケット代とかもあるしさ。イギリスって、何かと物価高いじゃない？　俺、男だからアクセサリーって、別にあってもなくても困らないし。真尋さんは好きなの？　つけてるの、見たことなかったけど」

「僕は、吉見君みたいにさりげなくつけられる自信がないよ」

「うん、そんなのなくても十分魅力的だよ。俺も、上っ面ばっかり金かけてても仕方ないなって思って。ちょっとでも節約しなきゃ」

大学もこれから先、まだまだ長いから…、と椎名は目を細める。

そんな笑い方は明るいが、前とは違って軽薄な印象が抜けている。

なんか、前よりかっこいいっていうか…、と真尋は目を伏せた。そんな言葉は、まだまだスムーズには出てこない。でも、胸の奥でキラキラとしたずいぶんきらめいた澄んだ音を響かせる気がする。

「ね、今日は大英博物館でしょ？　無事に試験も終わったし、晴れて軽やかな身になって、美術品や歴史の遺物も満喫するために来たんだけど」

前回やってきた時には、滞在日数にも限りがあったし、椎名は真尋と一緒にいる時間を楽しみたいからと、あえて大英博物館やヴィクトリア＆アルバート博物館といった有名美術館には足を向けなかった。

また真尋さんに会いに来たいし、今度来る時にはじっくり下調べして見たいからというのが椎名の言い分だった。真尋との二回目のデートで美術館に行ってから、芸術鑑賞にも興味が湧いたという。その分、見るからにはゆっくり時間をかけて、自分の見たいものをあらかじめチェックしておきたいらしい。

そんな言葉も、以前の椎名とはやはり違ってきている。その代わり、タワー・ブリッジやロンドン塔、バッキンガム宮殿といったロンドン観光の定番中の定番に加え、ウィンザー城やキューガーデンといった緑の中をゆっくり散策した。途中、手をつないで歩いたことも、今はいい思い出だ。

「どうぞ、何日でもつきあうよ。ベーカーストリートも、吉見君が来た時のために取っておいたし」

真尋は頷くと、椎名と肩を並べて歩き出した。

君がまたこうして、ロンドンに会いに来てくれたことが嬉しいとは、うまく言い出せなかったが…。


「部屋、シンプルでいいね。新しくて広いし」

椎名のホテルの部屋で先にシャワーを使った真尋は、湿った髪をタオルで拭いながら出てきた椎名に笑いかける。

「うん、それが気に入って今回もここにした」

バスローブをまとい、応える椎名もどこかはにかんだような顔で笑う。

真尋さん、よかったら俺の部屋に泊まりに来ない？…、そう尋ねられたのは大英博物館を二日続けて訪れた日のことだった。

真尋の友人がホテルに泊まっていると聞いて、父親がだったらうちに泊まってもらったらどうだと言っていると伝えた時だった。

いいの、と椎名は目を輝かせたあと、すごく照れたような、それでいてどこか迷うような表情で尋ねてきた。以前のさっくり軽い切り出し方とは違い、まるで真尋の拒否を怖れているようにも見えた。

さすがに真尋にも、自宅にやってくる前に、椎名の滞在中のホテルの部屋に来ないかという意味はわかった。父親がいる真尋のタウンハウスでは、遠慮もあるのだろう。それに頷いたのは、真尋自身だ。

日本に帰った時にキスだけは何度かしていたが、髪や腕、肩などに愛しそうに触れてきても、椎名はそれ以上は絶対に踏み込もうとはしてこなかった。表面上ばかりでなく、どれだけ椎名が自分を大事に想ってくれているかは、折に触れ伝わってくる。そして、どれだけ真尋に対し、申し訳なく思っているかも、言葉だけでなく表情や態度で十分に伝わってくる。

ダブルの広さのあるベッドの上に腰を下ろしていた真尋が椎名に向かって手を伸ばすと、椎名はベッドに上がり、真尋の身体を背後から抱くようにして髪をそっと梳《す》いてくれる。

「明日はオペラハウス？」

「うん、ヴェルディの『リゴレット』。何とかチケット取れたよ」

二ヶ月前に売り切れてしまうことが多いというチケットを、かろうじて二人分入手した真尋は椎名の手に自分の手を重ねながら頷く。

「俺、オペラって通しで見るのは初めてだから、楽しみだよ。真尋さん、舞台いっぱい見てるよね？　えーと、俺が聞いただけで何本？　やっぱり、ドラマとか映画とは違うもの？」

「うん、それ一回、一回が勝負みたいな気迫が感じられるっていうか…、撮り直しがきかない分、役者さん達の掛け合いや間合いも絶妙だったりする」

もしかして…、と椎名は首をひねる。

「真尋さん、こっちで演劇関係や映画関係の勉強していくつもり？」

「ああ…、最初はそんなこともどこかで夢見てたけど…」

真尋は肩をすくめて笑った。

「言語や演技力の壁もあるし、そうだね…」

こちらに来て約半年ほど、真尋がロンドンで舞台や映画を見ながら考えていたことを、なんと言えばいいのだろう。手探りで、自分がどういう人間なのか、何をしたいのかを少しずつ考えていた。まだ結論はうまく出せていないけれども…。

しばらく迷っていると、椎名はそれ以上無理に急《せ》かすこともなく、穏やかな表情のままでじっと待っている。

「今の自分の中で、そこまで熱意はないのかもしれないなって思って…。逃げじゃなくて…、そんな中途半端な気持ちで演技について学びたいっていうのは、違うんじゃないかなって…」

「そう？　中途半端だとは思わないけど」

「うん、でも、やる時には本気でやりたいし、そうだね…」

いつか君と一緒に法律事務所にいられればいいなと夢見ていることは、まだうまくは言えない。重くなく、束縛でもなく、自然にそう打ち明けられればいいなと、考え続けている。今は真尋にとっての自分を見つめ直す時間であり、以前よりも前向きに色んな事を考えられるようになってきている。

身を捩《よじ》って背後の椎名を振り返り、自分から唇を寄せた真尋をどう思ったのか、椎名は目を伏せ、とてもやさしくて丁寧なキスをくれる。

「真尋さん、ひとつ聞きたいことがあって…」

「うん？」

キスの合間にささやかれ、真尋はゆったりと笑う。

「俺、あなたにやさしくしたい。できるだけやさしく…、あの…、真尋さんが前に初めてだったなら、もう一度最初から…」

そこまで言いかけ、椎名はうまく言えないというように首を横に振る。真尋を愛しげに抱きしめるそんな仕種や表情で、真尋にとって椎名が初めての相手だったと今はわかっているのだと知る。

「俺、あなたが好きだ、本当に…。真尋さんが、真尋さんじゃなくても…」

自分が世間的に知られたあの橘真尋でなくとも、おそらく今の椎名は真尋を選んでくれるとわかる。

「ありがとう、僕も…」

芸能界をやめてからも、ぼんやりとした膜のようなものを通してしか世界を知らなかった真尋に、初めて様々な生々しい感情を教えてくれた青年に、真尋は心を込めて口づける。

人を好きになることも、心を寄せられて舞い上がる想いも、裏切られて深く傷つくことも、すべて椎名を通して知った。

そして、再び相手を信じる気持ちも…。

端から見ていれば馬鹿馬鹿しいほどに愚かなのかもしれないが、中身の空虚だった自分にも、理屈ではないこれだけのリアルな心の揺れがあるのだと知った。

「ここまで会いに来てくれてありがとう」

「そんなの、何度でも来るから…！」

大好き…、と呟《つぶや》きかけた真尋の姿勢を入れ替え、正面から抱きしめながら椎名はそっとささやいてくる。

「最初から、ちゃんとやり直そう。真尋さんには無理なことばかりさせてごめんね、俺、もっと早くに気づけばよかった」

真尋の髪を撫で、椎名がささやく意味がわかる。

「…色んなこと、教えてもらったから、まだこれからも君と一緒に知っていきたい」

真尋が微笑むと、椎名は本当に見ているこちらの胸まで痛むような、泣き笑いに近い表情を作って、何度も丹念なキスをくれた。

「触って、すごいドキドキしてる、やば…」

俺、うまくできるかな…と呟き、椎名は真尋の手を胸のローブの合わせ目に導く。

「本当だ、バクバクしてるね」

じかに触れると、思っていた以上に激しく動悸打つ様子に驚き、真尋は顔を上げる。

「すげー、照れる…。でもさ、嬉しい」

上目遣いではにかんだような笑いを見せる椎名に、真尋は手を導かれたローブの合わせから、見事に盛り上がった胸筋に触れる。

「格好いいね、こんな風に綺麗に筋肉ついてると。僕はこんな風には筋肉載らないんだ」

勇気を出して青年のローブを肩から落としてみても、椎名は真尋の髪や肩に触れながら、触られるままになっている。

「俺は真尋さんの身体の方が好きだよ、表情も含めて、すごい綺麗だなっていつも見とれる」

そしてまた椎名は、照れるよね…、と言いながら、膝立ちになりかけた真尋の腰を抱き寄せた。

「肌も綺麗だし…、真尋さん、温かいね」

「ぁ…」

椎名は甘えるように抱いた真尋の胸許に顔を寄せてくる。

胸許に唇を寄せ、何度か口づけられると、その温かな唇の感触に吐息が漏れる。

すでに緊張に小さく隆起している乳頭へと男の唇がずれると、真尋は湿った声を洩《も》らしてしまう。

「ん…」

肩をローブがすべり落ちてゆくのもかまわず、真尋は椎名の頭をかき抱いた。

濡れた舌の感触がくすぐったいが、震える腰をしっかりしたバネのある腕が抱いていてくれるから、かろうじて膝立ちでいられる。

「…あ」

何度も乳暈《にゅううん》ごと甘噛みされ、尖った乳頭を吸われるとふっと腰ごと意識が浮き上がる。

「あ…、待って…恥ずかしいから…」

すでにローブの裾《すそ》を割るほどにはっきりと兆《きざ》したものが、椎名に直接触れぬようにと腰をくねらすと、逆に青年はすでにしっとり濡れはじめたものを、裾を割った手で直接につかんでくる。

「よかった、俺もさ…」

椎名は苦笑すると、真尋の腰を抱いて仰向けながら、固く勃《た》ち上がったものを押しつけてくる。

「あ…、そんなに…」

膝を割られながら、すでに椎名のものも先端からヌラリとしたものを滴《したた》らせていることに気付き、真尋は目を泳がせた。

「真尋さん…」

椎名は大きく脚を開かせると、顔を埋めてくる。

「あ…」

真尋は息を呑んだ。温かくぬめった口中に含まれ、勝手に腰の方がゆらめく。

「あ、気持ちい…」

初めて人の口中の熱を知り、真尋はしばらく夢中で腰を揺らした。椎名が目を細め、そんな真尋の反応を楽しんでいることもわかる。

「僕ばっかり…」

このまま可愛がられると、すぐに暴発してしまう…と喘《あえ》ぐと、椎名はベッドサイドに用意していたジェルを手に取ってくれる。

「俺だって、真尋さんの中が忘れられなくてさ…、どんだけ悶々としたと思ってんの？」

あんななったの、初めてだった…、と椎名は真尋の臀部《でんぶ》を指でヌラリと割りながら苦笑する。

「…そうなの？」

「うん、あれからさ、ずっと真尋さんのことばっか、考えてた」

あの時は俺に言わずに練習してくれてたんだよね…、椎名はどこか切なそうに目を細めると、ゆっくりと真尋の中に指を進めてくる。

「ぁ…ん…っ」

呼吸に合わせてぬっと押し入ってきた指を、真尋は甘い悲鳴と共に迎え入れた。

すぐに真尋の弱みを知る指は、ゆるやかな動きで感じる箇所を探し当ててくれる。

「あっ…、あっ…」

やんわり押し込むようにそこに触れられると、足の爪先が勝手に跳《は》ね、疼《うず》くような痺れが走る。

「あなたみたいに可愛い人、知らない…」

どこか熱に浮かされたような声で、椎名がささやいてくる。

熱っぽい舌先で口腔《こうこう》をまさぐられ、真尋は夢中で応えながら腰を揺らす。喉奥から、次々と濡れたような声がこぼれる。

あの時、ひとりで感じていた虚しさと惨めさがゆっくり塗りかえられてゆく気がする。

「中、すごい柔らかい…、こんな…」

濡れたジェルの潤いを借りて、すでに二本の指が真尋の中を自在に行き来しているのがわかる。

入りたい、と呟く椎名の首に、真尋は自分から両腕を絡め、鼻先で呻《うめ》いた。

「真尋さん…」

抜き取られた指の代わりに、もっと熱く昂《たか》ぶったものが押しあてられてくる。

「ん…ぁ…」

内側へぐうっと沈み込んでくる重さと質量に、真尋は喉許を反らせる。

「真尋さん、すごい…」

温かい…、うっとりとした呟きと共に、幸せそうに目を閉ざす青年の顔が見えた。

他には代えがたい強烈な圧迫感はあるものの、身体ばかりでなく、心も繋がっていることにほっとする。そして、同時に胸がいっぱいになるような幸福で満たされる。

「吉見君…、大きいね…」

広い背を抱き、無理のない力で、内奥へとやんわり押し入ってくる椎名にささやくと、吉見は照れたように笑う。

「真尋さんの中、あんまり気持ちいいからさ…」

吉見は真尋に負担のかからないようにシーツに腕をつきながら、息を弾ませる。

「みっともなく暴発したらどうしようって、今、必死で堪《こら》えてるとこ」

「今日はいっぱい、できるよ?」

「そうだけどさ、あんま病みつきになると…、ほら…」

真尋さん、ね、よすぎ…、と眉を寄せる余裕のなさそうな椎名が、ずいぶん愛しくなってくる。

「ん…」

ゆっくり穿《うが》たれ、腰の奥から蕩《とろ》けるような心地よさが迫り上がってくる。

「吉見君、好き…」

意識せずに唇からこぼれ落ちた言葉に、椎名が驚いたように目を開けた。

「…好き」

真尋はその首をかき抱き、呟く。

目尻から温かなものがこぼれ落ち、椎名が慌てたように真尋の頭を抱いた。

「真尋さん、あなたのこと守りたい…」

呻くような呟きが、胸の奥にやさしく染み込んでくる。

「そばにいさせて…」

キスと共にささやかれる言葉に、真尋は夢中で何度も頷いた。

END

かわいです、こんにちは。この度はお手にとってくださって、ありがとうございます。

この『水曜日の嘘つき』は完成稿近くまでいっておきながら、私の不手際で二年ぐらい寝かされていたお話になります。一番最初に担当さんと、こんなお話どうでしょう？…と電話で話した時に書き殴った「ヤリチンの男が土下座」という文字が、いまだに付箋に残っています。書いたのは私ですが、いささか下品な表現だと付箋を見るたびに思っていました。そのバカヤローが土下座して改心するという話が、転がっていくうちに気がつけばこんな話に…、片方が元芸能人なわりには、そんなに派手さのない話ですね。

そして、シモの軽いチャラケた大学生がいいんですけど、それが本気で恋に落ちちゃうような、ちょっと切なさもある話で…などと言ってた時に、当時の担当さんが挿絵は街子マドカ先生なんかどうですか？…、とおっしゃってくださったので、街子先生、好きです！…、と飛びついてしまいました。

今回、表紙に色々絡めていただいてて、とても素敵…です。ランプのイメージということで、ほおずきを描いていただいてるのですが、このほおずきの花言葉が「偽り」なんだそうです。逆立ちしても私の中からは出てこない発想で、とても色っぽくて嬉しいです。大学生と院生という、子供でもなく大人にもなりきっていないようなアンバランスさ、未熟さなどをとても繊細に描いていただいて、すごいー！　ありがとうございます！

真尋の子役時代に関しては、なんとなくイメージしてた有名子役さんがいます。名前を挙げると申し訳ない気がするので控えますが、演技やスタイル、周囲への受け答えなんかがいつもすごく好印象で、まだ小さいのに本当に凄いなぁと当時から感心してました。

それから、好きな俳優さんが『徹子の部屋』に出てた時に、どうもトークが苦手なようで、話すのが苦手なんですと言ったっきり、ほとんど喋らなかったことも、今回の真尋の性格形成に少し関係してるかも。愛想は悪くなかったけど、本当に困った様子で、「役は役、自分にはそんな人様に話せるような中身はない」っておっしゃってたのがとても印象的だったので、そういう風に考える役者さんもいるんだなぁと思って…。

芸能界って名前を知られて、売れてなんぼの世界ですが、逆に売れると不自由なことも増えて、好きなように生きていくのは難しいんじゃないかなと素人考えで思います。昔は芸能人ってどうしてそんなにハワイで過ごしたがるんだろう？…と思っていたのですが、この話を書いてみて、なんとなくわかるような気がしました。もっとも、ハワイは日本人観光客も多いので、私の友人のようにハワイで叶美香と、そのおとりまきのグッド・ルッキング・ガイ（これがガチでグッド・ルッキングらしい）を見たというような話もよく聞きます。本気でプライベートを大事にしたいなら、ハワイじゃいかんだろうと思わないでもないですが、そのあたりは言葉の壁などもあるんでしょうか？　ヨーロッパに行っちゃう人もいらっしゃいますが、そんな人達は本気で日本のマスコミから遠ざかりたいんだろうなと思う次第です。

さて、今回、タイトルの曜日選びに真剣につきあって下さった担当さんには、本当に感謝、感謝です。結局、水曜日が一番収まりがよくて響きが綺麗…、ということで「水曜日の嘘つき」です。前に同じルチルの作家さんで、担当さんがビルの倒壊描写の時に真剣に考えて下さった…というあとがきを拝見したことがあるので、聞いてみたら同じ担当さんでした。二年前の私の不始末がこんなところまで倒れてきていて、申し訳ないです。いつも本当に助けられてます、ありがとうございます。

そして、ここまで読んで下さった方々にも、どうもありがとうございました。当初予定していたより、ちょっと重めの話になっておりますが、ご感想などいただけると本当に嬉しいです。また、どこかでお目にかかれることを願って。

かわい有美子

✦初出　水曜日の嘘つき……………書き下ろし
日曜日生まれの子供………書き下ろし

かわい有美子先生、街子マドカ先生へのお便り、本作品に関するご意見、ご感想などは
〒151-0051 東京都渋谷区千駄ヶ谷 4-9-7
幻冬舎コミックス　ルチル文庫「水曜日の嘘つき」係まで。

幻冬舎ルチル文庫

水曜日の嘘つき

2014年7月20日　第1刷発行

✦著者　かわい有美子　かわい ゆみこ

✦発行人　伊藤嘉彦

✦発行元　株式会社 幻冬舎コミックス
〒151-0051 東京都渋谷区千駄ヶ谷 4-9-7
電話 03(5411)6431［編集］

✦発売元　株式会社 幻冬舎
〒151-0051 東京都渋谷区千駄ヶ谷 4-9-7
電話 03(5411)6222［営業］
振替 00120-8-767643

✦印刷・製本所　中央精版印刷株式会社

✦検印廃止

ISBN978-4-344-82485-0　C0193　Printed in Japan